KB080673

시공간을

어루만지면

박영란
장편소설

시공간을

어루만지면

창비

아스라한 종소리

눈을 감고 소리를 떠올려 본다. 미세한 입자들이 마주치는 소리. 이른 아침 알싸한 공기 속에서 안개와 꽃향기가 서로 부딪는 소리. 멀리서 오는 종소리 같은, 가까이서 오는 쇳소리 같은. 소리가 나를 그곳으로 이끌어 준다. 처음 그 집에 발을 들이던 날, 그 순간으로.

끼익.

대문이 열리자 통로가 이어졌다. 다른 시공간으로 이어진 통로 같았다. 양쪽이 이웃집 담으로 막혀 한 사람씩 줄을 지어 가야 할 정도로 좁은 통로였다. 온갖 식물들이 제멋대로 자라난 길 끝에 중문이 보였다.

중문을 열자 이 세상과 아무 상관 없을 것 같은 장소가 펼쳐졌다. 보리수, 무화과나무, 후박나무, 자귀나무, 복숭아나무를 비롯

한 온갖 잡목들이 담장을 따라 서로 뒤엉켜 있었고, 방치해 둔 풀
더미가 부풀어 오르고 있었다.

"후……."

엄마가 짧은 숨을 뱉었다.

어차피 마당과 1층은 우리가 사용하지 않을 거였다. 우리는 2층
에 살기로 했다. 아무리 잡초가 부풀어 오른들 2층까지 뒤덮지는
않을 것이다.

외부의 철 계단을 통해 2층으로 올라가면서 문득 무성한 나무
와 덤불이 주변의 시선을 막아 준다는 생각이 들었다. 나무들이
제멋대로 우거지도록 내버려 둔 이유가 어쩌면 뭔가를 숨기고 싶
어서인지도 모르겠다는 엉뚱한 생각을 했다.

"전에 살던 분들이……."

테라스로 걸어가면서 부동산 중개인이 무슨 말을 꺼내려다 조
심하는 것 같았다. 중개인이 말꼬리를 숨길 때 표정을 훔쳐본 나
는 시선을 돌렸다. 순간적으로 어두워진 표정을 못 본 척하고 싶
었다.

"테라스 널찍하죠?"

중개인도 눈치를 챘는지 주의를 돌렸다. 2층 테라스 난간 쪽으
로 등나무 넝쿨이 엉켜 올라와 넘실대고 있는 모습에 나도 모르
게 가슴을 활짝 펴고 공기를 들이마셨다. 중개인이 조금 전의 어
두운 표정을 날려 버리는 듯 뒤를 돌아 2층 문을 활짝 열어젖혔

다. 2층은 따로 현관문 없이 커다란 거실 창문으로 드나들게 되어
있었다.

거실 바닥 가운데 1층으로 통하는 계단을 막아 둔 모양새가 엉
성해 보였다. 마호가니나무로 된 난간을 그대로 둔 채 계단이 뚫
린 공간만 합판으로 덮어 놓았다. 카펫으로 대충 가려 둔 합판 위
에 올라서면 아래로 꺼질 것만 같았다. 합판 아래 계단에서 누군
가 숨죽이고 우리를 주시하는 듯한 기분이 얼핏 들었다. 가느다
란 숨소리까지 들리는 듯했다.

"계단 자리만 조심하면 됩니다."

중개인이 불현듯 날카롭고 크게 말하자 엄마가 물었다.

"아래층에 누가 삽니까?"

중개인이 당황한 듯이 머뭇거리다가 답했다.

"지금은 비어 있는 거나 마찬가지고요. 가끔 관리인이 오긴 옵
니다."

"집주인은요?"

"집주인은 외국에 있어요."

"그럼, 계약은 누구와 합니까?"

"제가 대리인입니다."

중개인은 집을 안내하는 일 외의 것에 대해서는 함구하기로 작
정한 듯 입을 다물었다. 집주인이라는 말을 입에 올릴 때 표정이
복잡하게 일그러졌는데, 집주인이 괴팍하거나 까다로운 사람일

지도 모른다는 생각이 들었다.

욕실 바로 옆방을 주방으로 개조한 모양이었다. 주방 한가운데를 차지하고 있는 식탁은 최근까지 누가 사용하던 것만 같았다. 식탁 상판을 엄마가 손바닥으로 쓸어 보자 중개인이 재빨리 알렸다.

"2층에 있는 물건들은 다 그냥 쓰셔도 됩니다."

엄마가 답을 하지 않자 중개인은 곤란하다는 듯이 덧붙였다.

"정 싫으시면 치워 드려야지요."

그러고는 유령이라도 본 듯 어깨를 움츠리고 고개를 흔들면서 혼자 주방에서 빠져나갔다.

주방 동쪽 면으로 이어진 방은 미닫이문으로 공간이 분리되어 있었다. 나무로 된 미닫이문을 떼면 하나의 넓은 방이 되고, 닫으면 두 개의 방으로 나뉘었다. 둘 중 한 방에는 나무로 짜 넣은 벽장이 있고, 창문은 없었다. 벽장 방은 낮에도 전등을 밝혀야 할 만큼 어두웠다.

2층에서 가장 환한 방은 테라스 쪽으로 창이 난 큰방이었다. 큰방에는 침대와 서랍장, 2인용 소파까지 있었다.

중개인이 설명을 이었다. 원래 주인 가족이 쓰던 물건들인데 세입자가 쓰도록 배려했다는 것이다. 지금까지 가구 때문에 불만을 제기한 세입자는 없었다는 말도 덧붙였다.

"그런 건 상관없어요."

엄마가 딱 잘라 말하자 중개인은 겨우 설명을 멈췄다.

가구 같은 건 문제가 아니었다. 우리는 사정에 맞는 집을 찾고 있었다. 우리가 가진 금액으로 세 식구가 살 만한 집을 구하는 일은 쉽지 않았다. 엄마와 나는 이 집을 보기 전에 몇 군데를 더 봤다. 우리 사정으로 구할 수 있는 건 빌라 반지하 방이나 원룸뿐이었다. 그런데 이 집은 반지하도 원룸도 아니었다. 오래 방치해 둔 집이건, 다른 세상과 이어지는 통로가 있건 상관없었다. 지하나 원룸에서 세 식구가 지내는 것에 비할 바는 아니었다.

"여기서 딱 2년만 살자."

엄마는 2년 후면 우리가 전에 살던 아파트에 다시 들어갈 수 있을 것처럼 말했다. 엄마의 '딱 2년'이라는 그 말에 기대고 싶었다.

*

이른 아침이었다. 미약한 소리가 이어지고 있었다. 알루미늄으로 만든 작은 방울 소리거나 녹슨 철 조각이 조심스럽게 서로 부딪는 소리 같았다. 가까운 숲이나 담장 높은 이웃집에서 날아오는 소리일 수도 있었다. 가만히 듣고 있다가 그 소리가 의외로 가까운 곳에서 난다는 사실을 알아차린 순간 자리에서 일어났다.

소리를 따라 밖으로 나와 테라스 난간 앞에 섰다. 그네였다. 마당 구석에 놓인 옛날식 벤치 그네가 흔들리고 있었다. 내가 내려다보고 있는 사이 그네는 서서히 멈추었다. 그네가 멈추자 소리도 더 이상 나지 않았다.

방금 전까지 누군가 그네를 타고 있었던 모양이다. 하지만 누구였을까. 이 집에는 우리 가족뿐인데. 엄마와 동생은 아직 잠자리에 있다. 지나가는 고양이나 이웃집 개가 마당에 들어왔다가 그네를 흔들었는지도 모른다고 무심히 생각했다.

노란 아침 햇살이 비쳐 들기 시작했다. 햇살은 테라스 쪽으로 난 안방 창문에 가장 먼저 닿았다가 점차 2층 곳곳으로 퍼져 나갔다. 느린 것 같지만 꽤 빠른 속도로 햇살이 면을 확장해 나가는 것을 지켜보았다. 그런데 햇살은 2층 테라스 절반 정도를 채운 뒤 멈췄다. 1층으로 햇실이 내려가지 않는 싶이었다. 동쪽을 가로막은 옆집 때문에 아침 햇살은 2층 테라스 절반만 겨우 비춘다. 정오가 되어서야 마당으로 햇살이 내리긴 하지만, 앞쪽을 막아선 다른 집들과 우거진 나무들 때문에 1층 거실까지 닿지 못한다. 1층 실내에는 종일 해가 들지 않을 것이다.

사방이 막혀 있는 집이었다. 동쪽과 남쪽은 다른 집들이 가로막고, 서쪽과 북쪽은 산이 막고 있었다.

엄마는 애초에 이 집이 세워졌을 때는 동남쪽이 훤히 트여 해가 잘 드는 집이었을 거라고 말했다. 그런데 주변에 다른 건물들이 들어서면서 햇살을 막아 버리는 바람에 그늘진 집이 되었을 거라고 했다.

대문 역시 처음에는 중문 자리에 있었겠지만, 택지 조성이나 땅 소유 문제로 인해 이웃집 담 사이로 통로를 낼 수밖에 없었을 거라고 덧붙여 말했다. 그로 인해 주차를 할 수도 없게 되고, 사방이 막혀 햇볕도 제대로 들지 않는 집이 되었을 거라고. 그래서 아무리 팔려 해도 팔리지 않을 거라고도 했다.

"귀신이 도와주면 모를까."

엄마가 말하자 동생 준이 엉뚱한 말을 꺼냈다.

"1층에 귀신 사는 것 같아요."

"살고도 남지. 이런 집에 귀신이 안 살면 어디 살겠어!"

"정말 귀신이 사는 것 같다니까요!"

준이 다시 귀신을 들먹이자 엄마는 실언이었다는 듯이 호탕하게 웃었다. 그리고 이렇게 고쳐 말했다.

"귀신 있으면 어때, 이렇게 정원 딸린 큰 집에 언제 살아 보냐."

호기심과 의혹이 가득한 눈으로 쳐다보는 준에게 엄마는 엄하게 알렸다.

"1층엔 절대 내려가지 마라."

준이 대답하지 않자 엄마가 다시 말했다.

"남의 집에 함부로 들어가면 안 되는 건 알지?"

그래도 안심이 안 되는지 이렇게 덧붙였다.

"경찰서에 가야 할 수도 있어!"

그때서야 준은 머리를 한 번 끄덕였다. 그러고는 엄마 눈을 피해 나를 보면서 어깨를 으쓱했다.

*

엄마는 한 달에 두 번 장원에 갔다. 장원에 가는 날은 근무가 끝
난 뒤 집으로 오지 않았다. 엄마가 일하는 쇼핑몰 옆에 있는 고속
버스 터미널에서 곧바로 장원행 버스를 탔다. 주말을 거기서 보
내고 월요일에 마트로 출근했다. 엄마가 없는 3일 동안 집안일과
동생을 챙기는 일은 내가 맡았다.

장원에 가는 토요일 아침에 엄마가 출근하면서 하는 말은 늘
이랬다.

"무슨 일이 생길 기미만 보여도 바로 전화해라."

정말로 무슨 일이 생겨서 전화한다 해도 엄마는 즉시 올 수 없
다. 그러니까 아무 일도 생기지 않게 주의하라는 말이다. 엄마가
장원에 갈 때마다 당부를 거듭하는 이유는 동생 준 때문이었다.

전에 살던 동네에서 준이 가출한 적이 있었다. 그때 나는 동생
이 편지까지 써 놓고 집을 나간 일을 엄마가 알게 되면 소란해질
까 봐 혼자 준을 찾아내려 했다. 준은 편지에 다음 날 돌아온다고
분명히 써 놓았지만, 엄마는 다음 날까지 기다리지 못했을 것이
다. 그래서 시골에 가 있는 엄마한테 연락하지 않았다. 엄마는 그
일을 두고두고 언급했다. 만일 동생한테 무슨 일이라도 생겼으면

어쩔 뻔했냐는 것이다.

나도 동생한테 나쁜 일이 생기는 건 상상조차 하기 싫다. 하지만 동생은 내가 좀 안다. 준은 친구들과 어울리고 싶었을 뿐이다. 허락 안 해 줄 게 뻔해 가출하는 양 편지를 써 놓고 친구 집으로 달려갔던 것이다. 아무튼, 그 일이 있던 뒤로 엄마가 집에 없을 때는 무엇보다 동생을 잘 지켜야 했다.

"어린 시절에 한 실수로 자꾸 곤란하게 하지 마요!"

준은 불과 일 년 전 일을 그렇게 말한다.

이사 후 첫 무렵이었다. 토요일, 엄마의 출근길에 따라가서 편의점에 다녀왔다. 언덕 아래 사거리까지 갔다 오는 길이었다.

대문을 열자 중문까지 이어진 통로에 햇살이 길게 들고 있었다. 통로에 햇살이 들어오는 유일한 시간인 이른 오전이었다. 나는 어쩐지 이 짧은 시간을 아쉬워하며 천천히 걸었다. 중문 앞에 막 섰을 때 그 소리가 다시 들렸다.

며칠 전 이른 아침에 들었던 소리. 미약한 종소리 같기도 하고, 허공에 떠도는 미세한 쇳조각들이 부딪는 것 같기도 한 그 소리였다.

중문을 밀고 들어섰을 때, 그네에서 누군가 다급하게 뛰어내려 뒤꼍으로 달아났다. 얼핏 보기에 흰 셔츠에 검은색 반바지를 입은 남자아이였다. 일고여덟 살쯤 되어 보였다. 아이가 다급하게 뛰어내린 탓에 그네의 쇳소리가 순간 복잡하게 흔들렸다.

그때였다. 남자아이가 뛰어든 모서리에서 노란 원피스를 입은 여자아이가 뛰어나오다가 우뚝 멈춰 섰다. 여자아이는 나를 보고 뒤를 돌아 뒤꼍으로 다시 달려 들어갔다. 나는 정원을 가로질러 아이들이 간 쪽으로 뛰었다.

아무도 보이지 않았다. 눈앞에는 울창한 산과 빽빽하게 엉켜 있는 오래된 이팝나무 담장뿐이었다. 동네에 사는 아이 둘이 산을 타고 울타리 틈으로 들어왔을 수도 있었다. 하지만 아이들이 빠져나간 틈을 찾을 수 없었다.

나는 집 뒤편으로 깊숙이 들어갔다. 뒤꼍은 꽤 넓었다. 항아리와 가마솥, 그리고 장작을 쌓아 둔 산이 창고가 있었다. 양철로 지붕과 뒷면만 막아 둔 창고에는 장작더미가 질서정연하게 쌓여 있었다.

문득 집의 앞마당은 물론이고 뒤꼍과 대문, 중문 사이 통로 양쪽을 빼곡히 채운 온갖 식물들이 이상한 질서를 유지하고 있다는 생각이 들었다.

손길이었다. 누군가 손길을 주고 있는 게 아니라면 그런 질서는 유지될 수 없었을 것이다. 하지만 집에는 우리 가족만 살고 있었다. 엄마나 나는 2층 외에 어떤 곳도 관리하지 않는다. 식물을 돌보는 사람이 있다면 가끔 온다는 관리인일 것이었다. 하지만 집에 들어온 지 2주가 넘도록 관리인을 본 적은 없었다.

집 뒤편에 1층 실내로 들어가는 문이 하나 있었다. 철제 문손잡이를 살짝 돌려 보았다. 문은 잠겨 있었다. 문에 귀를 기울이고 있다가 순간 두려움에 휩싸였다. 나는 정신없이 뒤꼍에서 뛰어나왔다. 단숨에 2층까지 올라와서야 겨우 아래를 내려다보았다. 1층은 고요했다.

*

엄마가 다시 장원에 간 주말, 토요일이라서 동생을 방해하지 않기로 했다. 이 집에 온 후 준은 벽장에 은신처까지 만들어 두고 걸핏하면 그 안에 들어가 시간을 보냈다. 벽장 방은 창문이 없어서 미닫이문을 닫아 두면 낮에도 어두웠다. 그 어두운 방, 더 어두운 벽장 안에 스탠드를 끌고 들어가 무얼 하든 집에 얌전하게 있기만 하면 안심이었다.

정오가 지나도록 준이 나오지 않아 벽장 방의 미닫이문을 두드렸다. 반응이 없었다. 다시 두드려도 마찬가지였다. 불쑥 나쁜 생각이 들어 문을 열어젖혔다. 역시나 방 안에는 아무도 없었다. 벽장 문도 차례로 열어 보았지만 동생은 보이지 않았다. 그럴 땐 일단 문자 메시지부터 보내야 한다. 뜻밖에도 즉각 답이 왔다.

—지금 가.

곧이어 철 계단 올라오는 소리가 들렸다. 준이 계단 올라오는 소리는 금방 알 수 있을 만큼 요란하다. 그런데 그날은 고양이가 올라오는 것처럼 조심스러웠다. 신발을 벗어 던지고 거실로 들어오자마자 준이 내 손을 이끌고 벽장 방으로 이끌었다. 미닫이문까지 닫고 나서야 이렇게 속삭였다.

"1층에 누가 살아. 분명히 봤어."

준은 1층에 누군가 있는 것 같다고 했다. 준은 혼자 집에 있는 시간이 많았다. 나는 고등학생이라 다니던 학교에 계속 다녔지만, 동생은 서둘러 전학했다. 그래야 다음 해에 집에서 가까운 중학교에 다닐 수 있다. 새로운 학교에서 아직 어울리는 친구들도 없어서 집에 일찍 오곤 했다.

준은 지난 몇 주 동안 혼자 집에 있을 때 일어난 일을 늘어놓았다. 집에 돌아왔을 때 작은 소란이 갑자기 잦아드는 것 같은 날도 있었고, 언덕을 올라오면서 누군가 우리 대문으로 들어가는 것을 본 적도 있었고, 음식 냄새가 난 적도 있다고 했다. 우리 식구가 모두 집에 있는 시간에는 다른 아무도 없는 것처럼 조용하지만, 1층에 분명히 누군가 사는 것 같다고 했다.

"오늘 드디어 확인했어."

"뭘."

"키 큰 할머니가 집 안에 있어."

"뭐?"

"백발이야."

흰 머리칼을 휘날리는 키 큰 할머니가 1층에 있다는 것이다.

"사람이 아닌 것 같기도 하고."

"사람 아니면?"

내가 놀라서 되묻자 동생이 도리어 나를 안심시켰다.

"귀신도 아니야."

"그건 어떻게 알아?"

"귀신이라면 그렇게 확실하지 않을 거거든."

준은 우리가 살고 있는 공간은 우리만 사용하는 게 아니라, 다른 차원의 존재들도 동시에 사용하고 있다고 말했다. 그런데 인간이 아직 밝히지 못한 어떤 현상으로 인해 서로 다른 차원에 사는 존재들이 만나는 경우가 생기는데, 그런 경험을 한 사람들이 귀신이나 유령을 봤다고 착각하는 거라고 설명했다.

준은 만일 1층에 있는 사람이 다른 차원의 존재라면 다른 차원만이 가지는 뭔가가 있을 거라고 했다.

"빛의 굴절이 다르거나."

그러니까 차원이 다른 두 공간이 서로 같은 시간대일 수도 있고 아닐 수도 있어서 빛이 다르게 비치거나 꺾일 거라는 뜻이다.

"소리가 다르거나."

"소리라니?"

다른 차원에 있다면 그건 홀로그램처럼 보일 텐데, 형체는 차원을 넘는다 해도 소리는 그럴 수 없다는 것이다. 그래서 다른 차원의 소리는 들을 수 없다고 했다. 만일 소리가 들린다 해도 그건 우리가 이해할 수 있는 소리가 아니라, 노래나 신호음 같을 거라고 덧붙였다. 그런데 준은 속삭임이기는 했지만 분명히 우리가 쓰는 것과 같은 말소리를 들었다고 했다.

"내 말 못 믿겠어?"

"그런 걸 어떻게 믿어."

"분명히 1층에 누가 산다니까?"

"두고 보면 알겠지."

나는 더 이상 동생 말에 장단을 맞춰 주지 않았다. 준은 세상 모든 일을 자신이 읽은 과학책에 빗대어 해석하기 일쑤인데, 준과 이야기를 나누다 보면 나 역시 생각지도 못한 공상 속으로 빠져들고 만다. 가끔은 동생과 같은 정신 상태가 되어 버리기도 하고. 하여간 적당한 선에서 준을 자제시킬 필요가 있었다.

하지만 준이 말한 '소리'에 대해서는 생각해 보지 않을 수 없었다. 내가 들은 미세한 종소리가 있었다. 내 눈으로 직접 본 두 아이도 있었다. 그 아이들이 귀신이나 유령은 물론이고 다른 차원의 아이들이라고는 생각하고 싶지 않았다. 하지만 준은 다르게 생각할지도 몰랐다. 그 아이들 이야기를 꺼내 공연히 준을 들뜨게 만들고 싶지 않았다. 그런데 준이 이렇게 말했다.

"애들도 있어. 애들 노는 소리가 났어."

"집 안에서?"

준이 세차게 고개를 끄덕였다.

오후 내내 우리 둘은 발소리를 죽여 가며 테라스를 들락거렸다. 하지만 준이 봤다는 백발을 풀어 헤친 할머니도, 오전에 내가 본 아이들도 모습을 드러내지 않았다. 1층에서는 아무런 기척도 없었다. 1층에 사람이 있다면 이렇게까지 조용할 리 없었다.

주변 다른 집들에서 여러 소리가 날아왔다. 개 짖는 소리, 플루트 연습하는 소리, 누군가를 부르는 소리, 먼 골목에 오토바이 달리는 소리 들이 뒤섞였다.

토요일 오후가 깊어 가고 있었다. 나는 1층을 살피는 일에 심드렁해져 내 할 일을 하고 있었다. 엄마가 없을 때 나는 엄마가 쓰는 안방에 주로 머물렀다. 준이 자기 방에서 나오려면 내 방을 통과해야 하는데, 그건 동생보다 내가 더 불편했다.

"1층에 누가 있어."

불쑥 안방으로 들어온 준이 내 팔을 잡아 끌었다. 내가 입을 열려 하자 쉿, 하고 주의를 주며 소리 없이 알렸다.

'소리 났어.'

준이 계단 난간이 있는 거실로 나를 이끌었다. 그리고 합판으로 막아 둔 바닥에 엎드려 귀를 가져다 대면서 나한테도 해 보라고 손짓했다. 나는 못 이기는 척 합판에 귀를 대고 숨을 죽였다. 그런데 합판 바로 아래에서 계단을 내려가는 기척이 들렸다. 조심하면서도 서두르는 발소리들이었다.

"내가 아까부터 듣고 있었는데…… 계단 아래서 우리를 엿듣고 있었어. 애들이야. 자기들끼리 말도 했어."

"무슨 말?"

"무슨 말인지는 몰라. 아무튼 말소리도 들렸다니까?"

준이 내 뒤를 따라 방으로 들어오면서 속삭였다.

"어제는 라면 끓이는 냄새도 났어. 분명히 누가 산다니까!"

준이 학교에서 돌아와 집 안에 들어오자 라면 냄새가 났다는 것이다.

"관리인이 왔었나 보네."

나는 태연한 척했다. 하지만 준은 내 대답을 도리어 의심했다.

"관리인이 애들 데리고 와서 며칠씩 살기도 해?"

준의 말마따나 정말 관리인이라면 1층에서 며칠씩 살지는 않을 것이다. 그래도 내 눈으로 직접 보지 못했으니 섣불리 생각하지 않으려고 애썼다. 하지만 이 일을 그대로 두면 준은 밤새 합판에 귀를 대고 있을 게 분명했다. 어쩌면 합판을 들추고 내려가 확인해 보려 할 수도 있었다.

"내려가 봐야겠다. 관리인이면 인사해야지."

"오, 그러자."

준은 흥미진진한 사건을 파헤치러 가기라도 하는 것처럼 눈을 반짝거렸다. 그런 준을 보며 나는 다짐받듯 말했다.

"집에 어른이 없다는 낌새를 주지는 말고. 알았지?"

"누나나 잘해!"

1층은 어느새 짙은 그늘에 잠겨 어두웠다. 동생과 손을 잡고 1층 현관문 앞에 섰다. 준이 나를 재촉했다. 나는 허리를 펴 자세를 바로잡고 문을 두드렸다. 반응이 없었다. 좀 더 세게 두드려도 역시 반응이 없자 준이 나를 채근했다. 이번에는 더 강하게 문을 두드렸다. 그러자 갑자기 실내에서 누군가 뛰는 소리가 들렸다. 분명히 아이들이 마루 위를 뛰어가는 소리였다.

잠시 후 문이 열렸다. 백발을 하나로 묶은 할머니였다. 준이 봤다는 그 할머니인 것 같았다. 건장해 보이는 체격과는 다르게 표정은 매우 조심스러웠다. 할머니는 아무 말 없이 우리를 주의 깊게 살폈다. 내가 먼저 말을 건넸다.

"저희는 2층에 사는데요. 혹시 관리인이신가요?"

그러자 잠시 더 우리를 살피던 할머니가 이렇게 말했다.

"집주인이요."

할머니의 목소리와 말투에 나는 겁을 먹었다. 준도 주눅 든 거 같았다. 준이 내 곁에 바싹 붙었다. 나는 이렇게 되물었다.

"집주인은 외국에 있다고 들었는데요?"

"누가 그럽디까?"

할머니가 허리에 한 손을 올리면서 목소리를 올렸다. 나는 부동산에서 그렇게 알려 줬다고 했다. 그러자 할머니는 이 집의 주인이 할머니 본인이 아니라 할머니의 아들이라서, 부동산에서 한 말이 틀리지도 맞지도 않다고 대답했다. 그러면서 2층에 우리가 세 들어 온 걸 알고 있으니 1층 일에는 신경 쓰지 말라고 통보하듯이 말했다.

할머니가 내 얼굴을 똑바로 보면서 이르는 사이 실내에서 아이 둘이 살금살금 걸어 나와 할머니 양옆에 섰다. 오전에 그네에서 본 그 아이들이었다. 노란 원피스를 입은 여자아이가 기어드는 목소리로 작게 말했다.

"여기, 우리 집이에요."

어딘가 이상하기는 했다. 하지만 할머니 말을 믿지 않을 수도 없었다. 집주인도 아닌 사람이 집주인이라고 하지는 않을 것이다.

그날, 이상한 일은 더 있었다. 밤이 되어도 1층에 불이 들어오지 않았다. 서북쪽의 산그늘 때문에 2층도 다른 집보다 빨리 불을 켜야 하니 1층은 말할 것도 없었다. 그런데 밤이 깊어져도 등이 켜지지 않았다. 그뿐 아니라 1층 내부에서 좀처럼 어떤 소리도 들리지 않았다. 잠자리에 들어서도 1층에 귀를 기울였지만 인기척이 없었다. 부동산에서는 1층에 사람이 살지 않는다고 했으니, 어쩌면 그 사람들이 돌아갔을 수도 있다고 생각했다.

*

다음 날 이른 아침에 나는 또 그 소리에 눈을 떴다. 미세한 종소리처럼 그네가 가볍게 삐걱대는 소리. 나는 부리나케 일어나 테라스로 뛰어나갔다. 어제 그 여자애가 그네 의자에 앉아 있었다. 그 옆으로 마당의 풀숲에 엎드리듯 앉아 있는 할머니가 보였다. 작물을 손보는 것 같았다. 나는 테라스 난간에서 뒤로 한 발 물러섰다. 어쩐지 할머니와 아이를 보아서는 안 될 것 같았다.

생각해 보니 이상한 일들, 만약 1층을 오래 비워 두었다면 가능하지 않았을 일들이 이미 있었다. 아름다울 만치 질서정연하게 정리된 뒤뜰과, 잡초와 어우러지긴 했지만 갖가지 작물들이 자라는 것도 그랬다. 관리인이 집 안팎을 보살피고 있었다면 벌써 그와 마주쳤을 것이다.

더 의심스러운 건, 지금 할머니와 아이들은 사람이 산다는 기척을 내지 않으려는 듯 움직이는 게 몸에 배었다는 점이다. 그네도 이른 아침, 그러니까 아직 사람들이 잠에서 깨어나지 않을 시간에만 아주 조심스럽게 타는 것 같았다. 할머니 역시 사람이 없는 시간에만 마당에 나와 움직였을 것이다. 그동안 할머니가 내 눈에 띄지 않은 건 극도로 조심했기 때문이라는 생각이 들었다.

오후에 초인종이 울렸다. 엄마일 리 없었다. 엄마는 월요일 퇴근 후에나 올 거고, 대문 열쇠를 가지고 있으니까. 소리만 요란한 초인종이라서 직접 대문을 열어 주러 나가는데 1층 실내에서 뭔가 부산한 소란이 일었다가 사라졌다.

대문을 열자 부동산 직원이 낯선 사람과 함께 서 있었다. 부동산 직원은 자신도 열쇠가 있지만, 집에 우리가 살고 있으니 놀라게 하지 않으려고 초인종을 누른 것이라며 거의 고함치듯이 설명했다.

"급히 집을 좀 보시겠다고 해서 미리 연락도 못 드렸네요."

부동산 직원이 유난히 천천히 앞서 걸으면서 이런저런 이야기를 늘어놓았다. 이 집에 관한 이야기였다. 나는 일부러 거리를 두고 뒤따라 들어갔다. 그들이 마당과 집 주변을 살피면서 한참 이야기를 주고받다가 1층 현관문 쪽으로 가는 것을 보면서 계단을 오르려는데 2층 테라스에서 준이 다급하게 손짓하는 것이 보였다.

"빨리."

준이 내 팔을 잡고 집 안으로 뛰어 들어가 주방으로 나를 이끌었다. 그러곤 뒤꼍으로 난 주방 창문 곁에 붙어 섰다.

"왜."

"저기 산에 1층 사람들 있어."

동생이 이팝나무 울타리 쪽을 가리켰다.

"보여?"

"뭐가."

"숨어 있는 거."

동생이 속삭이는 순간 아이 둘과 할머니가 울타리 너머 산에 있는 게 보였다. 몸을 숨기고 있는 것 같지는 않았다. 태연하게 바위 위에 앉아 있는 할머니 곁에 두 아이 역시 앉아 있었다. 하지만 그들이 있는 곳은 집이 아니라, 울타리 바깥쪽 산이었다. 나는 더 자세히 보기 위해 머리를 창밖으로 약간 빼냈다. 그때 할머니와 눈이 마주쳤다. 할머니는 놀란 기색 없이 잠시 동안 나를 바라보다가 아무 일도 아닌 것처럼 고개를 돌렸다.

"봤어?"

준이 재촉했다. 고개를 끄덕이자 준이 나를 식탁 쪽으로 당겼다. 그리고 자신이 본 장면을 이야기했다.

조인송 소리를 듣고 내가 문을 열어 주러 나가는 것과 거의 동시에 1층에서 분주한 기척이 났고, 곧이어 뒤꼍으로 난 문이 열리는 소리가 들렸다고 했다. 준이 내다보았는데, 할머니와 두 아이가 서둘러 뒤꼍에서 울타리 사이로 빠져 나가더라고 했다.

"도망친 거 맞지. 그렇지?"

정황으로 보면 동생 말이 맞는 것 같았다. 하지만 함부로 단정 짓고 싶지 않았다. 어쩌면 할머니가 아이들과 산으로 놀러 나갔을 수도 있다. 그들은 6월의 산이 얼마나 근사한지 알 것이다. 몇 걸음만으로 산에 오를 수 있는 곳에 살고 있는 사람들은 숲이 끌어당기는 마력에 온 정신을 내맡기게 된다.

어쨌든 아래층 사람들이 어떤 사정에 처했건 더 이상 알려고 들지 않는 게 좋다고 생각했다. 우리 집 사정을 다른 누군가가 세

세히 알게 되는 일이 싫은 것과 마찬가지였다.

"집주인 아니야. 내 말이 맞다니까."

동생은 두고 보라는 식으로 장담했다.

집을 보러 왔던 사람들이 돌아간 걸 확인하자마자 나는 주방 창문 쪽으로 다시 다가섰다. 한 아이가 먼저 빽빽한 울타리 어느 틈새에서 불쑥 튀어나왔다. 뒤이어 여자아이와 할머니가 마치 다른 시공간에서 이쪽으로 건너오는 것처럼 나타났다.

할머니는 우리가 있는 2층을 전혀 신경 쓰지 않았다. 두 아이를 앞세우고 서둘러 1층 뒷문을 열고 집 안으로 들어갔다.

일요일 밤에도 아래층에 불이 밝혀지지 않았다. 간간이 아래층에서 소리들이 올라오기는 했다. 아이들이 걷는 소리, 뭔가를 부딪는 소리, 갑작스러운 웃음소리. 불은 밝히지 않았지만 위층에 있는 우리 때문에 소리를 내지 않으려고 딱히 조심하지는 않았다. 다시 말해 그들은 주변 사람들 눈은 의식했지만, 위층에 사는 우리는 더 이상 신경 쓰지 않는 것 같았다.

"누나."

"왜."

"이리 들어와 봐."

"뭐 하러."

"여기선 잘 들려."

나는 벽장 안으로 몸을 들이밀었다. 동생은 벽장을 자신의 아지트로 만들어 두었다. 나무판자 두 칸을 빼내 공간을 만들고 바닥에 담요를 깔고 스탠드며 책들까지 넣어 두었다. 내가 들어가 마주 보고 앉자 동생이 문을 닫았다.

"잘 들어 봐."

막상 벽장 안에 들어와 있으니 오랫동안 잊고 있었던 편안한 기분이 되살아나는 것 같았다. 아버지가 장원으로 내려가 버린 뒤로 이런 기분을 느껴 본 적이 없었다.

그동안 너무 많은 일이 있었다. 아버지한테 사고가 일어났고, 그 후 아버지는 혼자 장원으로 내려갔다. 아버지가 내려가면서 우리 셋은 아파트에서 나와 원룸에서 잠시 살았다.

아버지는 가족 모두 장원으로 이주하자 했으나 엄마는 반대했다. 엄마가 장원으로 돌아갈 수 없다고 한 여러 이유 중에는 나와 동생의 학교 문제도 있었다. 동생은 아직 초등학생이었지만 나는 고등학생이었다. 엄마는 내가 서울에서 고등학교를 마치고, 여기서 자리를 잡아야 한다고 주장했다.

아버지가 혼자 장원에서 적응하도록 도와준 사람은 외할아버지와 외할머니였다. 친할아버지와 친할머니는 내가 태어나기 전에 돌아가셨는데, 오래전 그 당시에 다시는 장원으로 내려가지 않을 것처럼 팔아 치웠던 농지 일부를 이번에 다시 사들였다.

아버지는 우리가 장원으로 내려오기를 바랐다. 외할머니와 외할아버지 역시 우리가 오기를 바라지만 엄마는 마음을 바꾸지 않았다. 서울과 장원을 오가는 힘든 생활을 이어가면서도 이곳을 떠나려 하지 않았다.

나는 엄마를 이해할 수 없었다. 아버지도 이해할 수 없었다. 아버지가 혼자 장원으로 간 건 억지라고 생각했다. 엄마가 서울에 남으려 하는 것도 억지라고 생각했다. 두 사람은 서로에게 억지를 부리고 있다.

나는 간혹 장원에서 사는 일에 대해 생각해 보았다. 식물은 익숙하지만 흙은 아니다. 흙을 맨손으로 만지는 일에 거부감이 있다. 외할머니 말에 의하면, 흙을 거리낌 없이 만져야 농사짓는 사람으로 살 수 있다고 했다. 그런 면에서 보면 나는 도시에 맞는 사람인 게 틀림없다. 나에게 장원이란 휴일이나 방학에 잠시 머무는 곳이지 살아가는 곳은 아니었다.

엄마는 스스로 생각할 줄 아는 사람이어야 한다고 내게 말하곤 했는데, 나는 장원에서 살고 싶지 않다고 생각한다. 그곳에 내려가 살기 시작하면 현대인이 되지 못할 것 같은 두려움이 나에게는 있다. 나는 도시에 어울리는 사람으로, 현대인으로 살고 싶다. 그런 점에서 나는 엄마 생각에 동의하고 있었다.

어두운 벽장 안에 앉아 있으니 오래 쌓아 왔던 긴장이 풀리는

것처럼 편안했다. 어쩌면 동생이 벽장에 들어가 시간을 보내는
이유가 이런 기분 때문일지도 모른다. 나도 모르게 가슴을 펴고
숨을 깊게 쉬면서 눈을 감았다.

"들려?"

동생이 속삭였다. 들렸다. 소리들이 여러 겹의 벽에 부딪혀 왜
곡되고 흩어지기는 했지만 들렸다. 아이들과 할머니 목소리가 아
스라이 들려왔다. 집 안 여기저기 돌아다니는 소리가 가까워졌다
멀어지기를 반복했다. 불도 밝히지 않은 집 안에서 뭘 하는 걸까.

"어쩌면 요정일 수도 있어."

동생이 불쑥 속삭였다. 말도 안 되는 소리 말라고 한마디 하려
다가 그만두었다. 동생이 다시 말했다.

"요정들이 우리 눈에 보이는 건 우리한테 뭔가 할 말이 있다는
거야."

"요정이라는 증거가 없지."

"누나는 꼭 증거가 있어야 믿어?"

"글쎄. 정령은 있을 수도 있지."

"뭐가 달라?"

"정령은 초자연적인 기운 같은 거라서, 실제 형태를 우리 눈으
로 볼 수는 없지. 다른 사물에 깃들어 있다면 몰라도."

"다른 사물 어떤 거?"

"바위나 나무라든가, 뭐 그런 거."

"알겠네."

"뭘?"

"정령은 아니야."

동생 말은 요정이 정령보다 한 차원 더 높은 현상이라는 거였다. 자기 형태를 가질 수 있다는 건 이 우주 전체에서 보면 굉장한 우연과 에너지가 필요한데, 바로 그 우연과 에너지를 요정은 가진 거라고 했다.

나는 어이가 없어서 웃었다. 하지만 아주 허황한 논리는 아니라고 생각했다. 내가 웃자 동생도 따라 웃었다. 잠시 후 동생은 다시 이야기를 이어 나갔다. 어쩌면 지금 1층에 있는 사람들은 곤란한 처지에 빠진 요정일 수도 있다고 했다. 요정들은 의심을 빚으면서까지 한곳에서 오래 머물려고 하지 않을 테니까. 그런데 우리한테 들키고, 우리가 의심하는 걸 알면서도 계속 머무르고 있는 건 이상하다고 했다. 나는 동생의 공상을 깨뜨려 주려다가 그만두었다. 벽장 안에서는 무슨 상상이든 해도 좋았다.

입자들의 조우

"두 사람이 만났어."

"두 사람? 누구?"

동생이 안방을 가리켰다. 그리고 벽장 방에 들어가 낮에 있었던 일을 전했다. 동생이 집에 돌아온 오후 두 시쯤, 중문을 열고 들어섰는데 우비를 입은 할머니와 우산을 쓴 엄마가 마당에 마주 서 있더라고 했다. 두 사람은 부슬부슬 흩어지는 습기 속에서 이야기를 나누고 있었다.

"사진 볼래?"

"사진도 찍었어?"

"좀 이상한 장면이라서."

동생은 어깨를 으쓱하면서 휴대폰에서 사진을 찾아 내밀었다. 중문 쪽에서 마당을 향해 찍은 거였다. 군인 것 같은 우비를 입고 한 손에 호미를 든 할머니와 투명한 비닐우산을 쓰고 한 손에 헝겊 가방을 든 엄마가 마주 보고 서 있었다. 뭐라 말할 수 없이 초라하면서도 뭐라 말할 수 없이 신비한 장면이기도 했다. 찰나의 흐름 속에서 두 사람이 서로를 탐색하고 측정하면서 매 순간 변화하고 있는 것만 같았다. 금방이라도 습기 입자들 속으로 흩어져 버릴 것처럼 아슬아슬하게 마주 보고 있는 두 사람. 그 순간을 동생이 잡은 거였다.

한참 동안 서 있었다고 하니 두 사람은 분명 뭔가 이야기를 나누었을 것이다. 그런데 막상 엄마의 반응은 무덤덤했다.

"아래층 할머니 만났어요?"

내가 묻자 엄마는 보온밥통에 넣어 뒀던 씽화팅을 꺼내 들고 담담한 목소리로 말했다.

"인사 나눴어."

부동산 사람들이 왔을 때 할머니와 아이들 행동이 분명 이상했다고 다시 말하자 엄마는 이렇게 중얼거렸다.

"집을 팔려고 그랬겠지."

내가 말을 보태기를 망설이고 있자 엄마는 혼잣말하듯 얼버무렸다.

"집 보러 온 사람들한테 거슬리지 않으려고 자리를 피한 거겠지. 그렇게 한 속사정이 있을 거야."

엄마는 뭔가 위태로워 보였다. 동생이 찍은 사진 속에서처럼 금방이라도 사라져 버릴 것 같았다. 그 이유는 바로 짐작했다. 엄마는 그날 몸살이 심해져 일찍 퇴근한 참이었다.

"하루만 푹 쉬면 나아."

멍한 눈으로 나를 보면서 엄마가 중얼거렸다. 엄마는 가끔 생각을 멈춘 것처럼 아득하고 막막해 보일 때가 있는데 이날도 그랬다. 나중에 나는 엄마의 그런 모습이 어쩌면 에너지가 고갈된 상태에서의 반사적인 기제였을지도 모른다고 생각했다. 하지만 그때는 알아차리지 못했다. 나는 다시 물었다.

"그 사람들 진짜 집주인일까요?"

"나중에 물어봐야지."

엄마는 말은 그렇게 했지만 물어볼 생각은 없어 보였다. 거기까지 신경 쓰고 싶지 않은지도 몰랐다. 그 무렵 엄마는 우리 가족 외에 다른 일에 쓸 마음이 없어 보였다.

엄마는 원래 잘 웃고, 건강하고, 이 세상이나 주변에서 벌어지는 일에 관심을 보이는 사람이었다. 평소 엄마가 관심을 보인 사건들은 우리 가족은 결코 겪지 않을 험한 일들이었다. 같은 세상에 살고 있지만 우리와는 다른 사람들이 겪는 재앙들. 우리는 결코 경험하지 않을 일들에 관심 가지는 것을 의무처럼 여겼다. 먼 나라에 사는 아이를 장기간 후원하고, 동물 단체나 어려운 처지에 빠진 사람들을 도왔다. 엄마는 세상을 비관적으로 보기는 하지만 우리 가족의 일은 낙천적으로 생각하는 사람이었다.

그런 낙천성은 엄마의 생애를 통해 생긴 것이기도 했다. 엄마는 자라면서 매 시기마다 계획한 범위 안에서 일이 이루어지는 걸 경험한 사람이었다. 원하던 고등학교와 대학에 진학했으며 적절한 때에 직장을 구했고 큰 갈등 없이 결혼했다. 결혼한 후에는 계획한 대로 직장을 그만두고 아이를 낳고 자산을 늘려 갔다. 엄마는 이루어질 만한 꿈을 꾸고, 그 꿈들이 현실이 되는 걸 보아 왔다. 엄마의 낙천성은 누적되어 온 경험에 의한 것이었다.

하지만 아버지가 장원으로 내려가 버린 후로는 달라졌다. 아버지가 장원에 내려갈 무렵 엄마는 직장을 구했고, 나와 동생을 데리고 살던 지역을 떠났다. 원룸에서 사는 일 년 동안 엄마는 예전과는 다른 사람이 되어 버린 것 같았다. 수시로 몸이 아팠으며, 주변에서 벌어지는 일에 관심을 보이지 않았다. 하루하루 우리 앞에 닥친 일을 생각하는 데만도 힘겨워했다.

더구나 장원에 다녀오면 쌍화탕을 사 들고 들어오는 날이 많았다. 기댈 데라곤 쌍화탕뿐인 것처럼 그 검은 유리 병에 의지했다. 그날도 엄마는 데운 쌍화탕 한 병을 들고 일찍 자리에 누웠다.

"오늘만 푹 자면 나아."

가볍게 말했지만 엄마가 힘들어하면 동생과 나는 말할 수 없이 의기소침해지곤 했다. 그런 날은 끼니도 대충 해결하고, 각자 방에 들어가 숨죽였다. 엄마가 다시 쌍화탕 없이 잠자리에 들 때까지는 어떤 일로도 소란 떨지 않도록 조심했다.

*

엄마가 쌍화탕을 마시고 잠드는 날이 이어지고 있었다. 전에 없이 여러 날 힘들어하는 엄마를 보면서 동생도 나도 긴장하고 있었다. 준이 미닫이문을 슬며시 열고 얼굴을 내밀었다.

"누나."

"응."

"1층에 할머니가 안 보여."

아래층 할머니가 적어도 이틀 동안 안 보였다는 것이다. 우리 식구 중에서 준은 아침에 집에서 가장 늦게 나가고, 오후에 가장 먼저 들어온다. 전학한 학교는 집에서 십 분 거리고, 준은 학원도 다니지 않아서 더욱 일찍 집에 왔을 것이다. 당연히 아래층 사람들과 자주 마주쳤을 텐데 내색하지 않아서 짐작하지 못하고 있었다. 그런데 준이 그사이 아래층 사람들과 어울린 이야기를 꺼내 놓았다.

지난주에는 아래층 할머니가 뒤꼍에 있는 가마솥에 요리를 하더라고 했다. 창으로 뒤꼍을 자꾸 내다보다가 할머니와 눈이 마주쳤는데 할머니가 손짓으로 준을 불렀다.

"그래서 내려갔어?"

"가서 치킨 먹었어."

"배달을 시켰어?"

"아니, 할머니가 가마솥에 만들었어. 닭강정 진짜 맛있더라."

그러고는 잠시 머뭇거리더니 이렇게 말했다.

"1층에 전기가 안 들어와. 가스도 안 들어오고."

준이 처음 들어가 본 1층 주방 식탁 위에는 초를 여러 개 올려둔 큰 접시가 있었다. 전등 스위치를 눌러 보았는데 먹통인 걸로 보아 분명히 전기가 끊어진 거라고 했다. 싱크대 위에는 작은 휴대용 가스버너도 있었다. 그러니까 1층 사람들이 밤에 불을 켜지 않는 건 전기가 끊겼기 때문이고, 뒤뜰 가마솥에 요리를 하는 건 가스가 들어오지 않기 때문이라는 거였다. 준이 물었다.

"전기가 끊기는 이유가 뭐야?"

"공과금을 안 냈거나, 차단기를 내려 뒀거나."

"차단기를 왜 내려?"

"고장 났을 수도 있고 전기를 아끼려고 그랬을 수도 있지."

"그런 게 아닌 것 같아."

준이 신중하게 고민하는 눈치를 보이면서 말을 이었다.

"우리가 이사 오기 전에는 그 사람들이 2층에 살았을 수도 있어."

설사 2층에 살지는 않았어도 마음대로 올라 다녔을 거라고 준은 추측했다. 그런데 우리가 이사 오는 바람에 1층으로 밀려 내려가고, 2층 출입이 막히게 된 것 같다고 했다. 어쩌면 우리가 이사 오고 나서도 2층에 아무도 없는 시간이면 아래층 사람들이 올라와 전기용품이나 주방을 써 왔을지도 모른다고 준은 말했다.

"처음부터 뭔가 이상하긴 했어."

동생 말대로라면 지금 아래층에 있는 사람들이 집주인이건 세입자건 관리인이건 간에 공과금을 밀렸을 확률이 높았다. 다른 경우도 생각해 볼 수 있다. 부동산에서 말한 대로 1층이 비어 있다면, 1층에서는 전기나 가스를 쓰지 못하도록 조치해 뒀을 수도 있다. 만약 그렇다면 지금 1층은 사람이 살아서는 안 된다. 그런데 사람이 살고 있다.

"그 사람들, 어쩌면 남의 집에 몰래 살고 있는 걸 수도 있겠어."

내가 중얼거리자 준이 돌연 큰소리를 쳤다.

"몰래 살고 있으면 어때!"

"남의 집에 몰래 사는 건 규칙 위반이지."

범죄나 불법 같은 단어를 쓰지 않으려다 보니 약간 이상한 표현이 되었지만 준은 그 말이 곧 그 말이라는 것을 알아들었다. 준이 1층 사람들의 대변인이라도 된 듯 대응했다.

" 어차피 비어 있는 집이고, 전기도 가스도 쓰지 않는데 좀 살면 어때."

그리고 이렇게 이어 말했다.

"외할머니가 그랬잖아. 빈집으로 놔두면 금방 귀신 집 된다고!"

아버지가 내려가 있는 장원에는 빈집이 많다. 사람이 살지 않는 집은 금방 허물어지곤 한다. 외할머니는 빈집이 급속도로 폐가가 되는 건 사람의 손길을 받지 못하기 때문이라고 했다. 눈에 보이지는 않아도 살아 있는 사람한테는 기(氣)가 있어서 주변을 생생하게 하는데, 그 기는 무엇보다 사람의 손길로 전해지는 거라고 했다.

"그리고, 이렇게 크고 나무도 많은 집에 우리만 사는 거 무섭지. 집에 혼자 있으면 얼마나 으스스한 줄 알아?"

그렇게 말하는 준한테 1층 사람들을 범죄자나 되는 것처럼 몰고 싶지 않았다. 그 사람들이 남의 집에 몰래 들어와 사는 거라 해도 우리가 나서서 문제 삼을 일은 아닌 것 같았다. 문제 삼을 쪽은 진짜 집주인이나 대리를 맡고 있는 부동산이지 우리는 아니었다. 거기까지 생각이 미치자 좀 대범해지는 기분이 들었다. 내 마음이 풀리는 기미를 알았는지 준이 다시 입을 열었다.

"둘이 쌍둥이야. 여자애는 종려고, 남자애는 자작이야."

"이름 말이야?"

"응, 할머니가 지어 준 거래."

종려와 자작. 그런 이름을 가진 쌍둥이 아이라니. 나는 처음 이 집에 와서 들었던 종소리를 떠올렸다. 그러고 보니 할머니가 "종려야"라고 부르는 소리를 들었던 것 같다. 마음을 기울이지 않아서 알아듣지 못했던 것이다.

"그런데 할머니가 안 보인다는 건 무슨 말이야?"

"그저께부터 할머니가 안 보여."

"그럼 지금 애들끼리만 있다는 거야?"

준이 고개를 크게 끄덕였다. 준이 무슨 생각으로 나한테 아래층 사람들 이야기를 늘어놓았는지 그때서야 알아차렸다.

"할머니가 다 챙겨 뒀겠지!"

"내가 말했잖아. 1층엔 전기도 가스도 없다고!"

준이 미닫이문을 활짝 열고 나섰다. 나도 더 이상 미적거리지 않았다. 준과 나는 엄마 잠을 방해하지 않도록 소리를 죽여 가면서 냉동 피자를 꺼내 오븐에 데우고, 밥도 두 공기 퍼내고, 김치며 장조림도 챙겼다.

앞장선 준을 따라 1층 뒷문 앞에 섰다. 준은 조심스럽게 뒷문을 두드렸다. 몇 번이나 두드리고 나서야 슬며시 열린 문틈으로 두 아이가 얼굴을 내밀었다. 여자애, 그러니까 종려가 내 눈치를 보면서 준을 향해 소리 없이 물었다.

'왜?'

"할머니 오셨어?"

준이 묻자 종려가 고개를 가로저었다. 그러면서도 눈으로는 계속 나를 살폈다.

"우리 누나 알지?"

준이 걱정 말라는 식으로 손을 내젓자 그때서야 아이들이 문을 크게 열어 주었다. 문을 열자마자는 다용도실이었고, 실내로 들어가는 문이 또 있었다. 자작이 앞장서서 우리를 이끌듯이 실내로 들어가자 주방에 희미한 불빛이 밝혀 있었다. 둥근 식탁 위에 익숙한 스탠드가 보였다. 그건 원래 동생이 벽장 안에 들여놓았던 거였다. 동생이 내 팔을 슬쩍 밀었다. 알은체하지 말라는 뜻이었다.

건전지로도 쓸 수 있는 스탠드는 식탁 주변만 겨우 밝히고 있었지만 내부를 식별할 정도는 되었다. 벽면은 물론 가구들까지 모두 어두운색 나무로 되어 있었다. 그 때문에 실내가 더욱 어두워 보이는 것 같았다.

식탁 위에 우리가 챙겨 온 음식들을 꺼내 놓자 두 아이가 옆에 다가와 거들었다. 식탁 차리는 손길이 꽤 노련했다.

"할머니 어디 가셨니?"

내가 묻자 두 아이가 준의 눈치를 살폈다. 대답은 종려가 했다.

"금방 오실 거예요."

"너희들만 두고 나가셨어?"

다시 묻자 두 아이가 하던 일을 멈추고 나와 준을 번갈아 쳐다보았다. 내가 거듭 물었다.

"그런데 언제부터 여기서 살았니?"

"처음부터요."

"처음이라면 언제?"

종려가 나를 쳐다보면서 일곱 살 정도 아이라기에는 지나칠 만큼 단호하게 답했다.

42

"여기 우리 집 맞아요."

"할머니가 여기 우리 집이랬어요."

자작도 종려 쪽으로 몸을 기울이면서 말했다. 두 아이는 할머니가 가르쳐 준 대로 하는 것 같았다. 그런데 전기는 왜 안 들어오는 거냐고 물어보려다가 그만두었다. 상대가 아이들이라서 나도 모르게 무례한 질문을 거듭하고 있고, 아이들은 바로 그 점을 위협으로 받아들인다는 생각을 그때서야 했다. 무례하게 대하는 어른들한테서 내가 느낀 위협을 두 아이도 느꼈을 것이다.

하지만, 나는 상황에 책임을 져야 하는 가장 나이가 많은 '누나'였다. 동생과 1층 아이들이 순수한 마음으로 어울린다 해도 나는 현실적인 책임을 감당해야 한다고 생각했다. 전기도 들어오지 않는 곳에서 아이 둘이 밤을 지내게 두어서는 안 되었다.

"모두 2층으로 올라가자."

내가 불쑥 제안하자 준이 나를 쳐다보았다. 준은 엄마한테 허락 먼저 받아야 하지 않겠냐, 하지만 지금 엄마는 쌍화탕을 마시고 잠들어 있는데 이런 날은 엄마를 깨우지 않는 게 더 좋지 않겠냐는 눈치였다.

"할머니 오실 거예요."

종려의 단호한 대답에 내가 가졌던 어설픈 책임감은 가볍게 깨져 버렸다. 어쩌면 아이들은 할머니 없이 밤을 지내는 게 익숙할지도 모른다는 생각이 들었다. 두 아이는 할머니가 당부한 일을 어기지도 않을 것이다. 아마도 할머니는 절대 집 밖으로 나가지 말라고, 아무도 믿지 말라고 당부했을 것이다. 나를 집 안으로 들인 것은 아이들한테 큰 모험일지도 몰랐다. 동생을 신뢰해서 나를 봐주는 것일 수도 있었다. 자작이 말했다.

"우리는 집에 있을 거예요."

나는 어른 없이 우리끼리 해결할 수 있는 일이 별로 없다는 것을 알고 있었다. 하지만 내가 열여덟 살이 되도록 깨달은 점은 어른들한테 섣불리 알려서는 안 되는 일도 있다는 것이다. 1층에 아이들만 있는 일도 섣부르게 알리면 안 되는 일 중 하나라는 생각이 들었다. 적어도 1층 사람들의 속사정을 알게 되거나 1층 할머니가 먼저 말하기 전에 입을 열어서는 안 된다고 생각했다.

*

아침에 일부러 늑장을 부렸다. 계단을 내려와 중문 쪽으로 천천히 걸어가면서 살폈다. 1층에서는 아무 기척도 없었다. 가볍게 떠도는 습기 입자들을 흐트러뜨릴 숨소리조차 없는 것 같았다.

중문 앞에 막 다가섰을 때였다. 그네가 있는 쪽 모퉁이에서 노란 원피스를 입은 종려가 불쑥 나타났다. 눈이 마주치자 종려가 손을 흔들었다. 마치 무슨 신호를 건네는 것처럼.

종일 종려가 손을 흔든 이유를 생각했다. 할머니가 왔다는 뜻일까. 아니면 지난밤 일에 대해 고맙다는 인사일까. 그것도 아니면 서로 아는 사이가 되었으니 알은체를 한 것일까.

학교에서 돌아오자마자 동생부터 찾았다. 2층에 동생이 안 보여서 문자를 보냈다. 준은 답 문자를 보내는 대신 계단을 뛰어 올라왔다. 그리고 거의 울듯이 말했다.

"1층에 아무도 없어."

아침에 내가 학교에 간 후 준은 아이들이 잘 있나 보려고 뒤꼍으로 내려갔다. 그런데 할머니가 뒷문을 열고 내다보면서 불청객을 대하듯이 험한 표정으로 다시는 1층에 내려오지 말라고 했다는 것이다. 무섭고 낯선 태도로 문 앞을 막고 선 할머니를 보자 준은 불쑥 눈물이 치솟아 대답도 하지 못하고 돌아왔다고 했다.

학교에 다녀와서도 준은 선뜻 아래층에 내려가지 못하고 벽장 안에 들어가 있었다고 했다. 벽장에 있으면 아이들 소리가 들릴지도 몰랐다. 그런데 아무리 귀를 기울여도 아래층에서 어떤 소리도 올라오지 않았다고 했다.

내가 집에 도착하기 조금 전에 준은 계단을 막은 합판을 들춰 보았다. 계단 위에 덮어만 두었을 뿐 못은 박혀 있지 않았다고 했다. 그 합판을 조금 들추고 아무리 주의를 기울여도 인기척이 없어 다시 뒤꼍으로 내려가 봤다. 아래층 뒷문은 잠겨 있었다. 울타리를 뚫고 산으로 건너가 살펴보았지만 할머니도 자작도 종려도 보이지 않더라고 했다. 준은 거의 우는 소리를 냈다.

"모두 사라져 버렸어!"

"진짜 집으로 돌아갔나 보네."

준이 1층 사람들 일에 지나치게 몰입하지 않도록 심드렁하게 대응했다. 내 얼굴을 빤히 보던 준이 뭔가 생각해 둔 게 있는 것처럼 골똘해지더니 우는 인상을 풀었다.

매일 아침 수많은 입자들이 집 주변을 떠돌았다. 산에서 내려온 안개와 장마철 습기가 뒤섞여 끊임없이 움직이고 있었다. 1층에는 여전히 인기척이 없었다. 열흘가량이나 집을 비운 걸 보면 1층 사람들은 돌아오지 않을 거라는 생각이 들었다. 부동산에서 집주인이 외국에 있다고 했으니, 어쩌면 외국에 있는 그 아들한테 갔을지도 몰랐다.

그사이 정원에 온갖 식물이 무성히 자라 있는 것이 문득 눈에 들어왔다. 사람 손길을 받지 않은 정원에는 작물과 잡초가 서로 뒤엉켜 마구잡이로 자라나고 있었다. 그냥 두었다가는 8월이 오기 전에 집 전체가 식물에 뒤덮일 것 같았다. 감자 줄기며 쑥쑥 자라 올라가는 옥수수, 나무를 감고 오르는 콩 넝쿨과 오이 넝쿨, 그리고 비에 못 이기고 썩어 떨어지는 토마토들이 달개비와 마디풀 같은 잡초들과 뒤섞여 저마다의 공간을 확장하고 있었다.

그런데 이렇게 사라질 거였으면 뭐 때문에 작물들을 심어 놨나? 하는 생각이 들었다.

"돌아올 거야."

준은 말했다. 준이 그렇게 생각하는 근거는 스탠드였다. 완전히 떠난다면 스탠드를 돌려주고 갔을 거라고 했다. 그리고 사실은 스탠드뿐 아니라, 태블릿도 빌려줬는데 안 돌려줬다고 했다.

준은 그동안 1층 아이들한테 컴퓨터 사용법을 알려 주고 있었다고 털어놓았다. 종려와 자작이 내년이면 학교에 갈 테니 인터넷으로 글자나 영어 공부하는 법을 가르쳐 주었고, 인터넷 사용에 익숙해지면 SNS 계정도 만들어 준다고 약속했다고 했다. 우리가 쓰는 와이파이가 1층에도 통하더라고 했다. 처음에는 노트북을 들고 들락거리다가 쓰지 않던 태블릿을 아예 1층에 두었다고 했다.

"그러니까 다시 온다는 거지."

*

방학이면 동생과 나는 장원에 내려갔다. 동생은 방학이 끝날 때까지, 나는 일주일 정도 장원에서 보냈다. 하지만 이번 방학에 나는 내려가지 않는다. 나는 끝까지 긴장하고 싶었다. 대학이 내 눈앞에 이루어질 만한 꿈으로 보이고 있었다.

가끔 생각할 때가 있다. 만일 아버지가 그렇게 갑작스럽게 장원으로 내려가지 않았다면 어땠을까. 우리가 마음의 준비를 할 수 있도록 천천히 시간을 가졌다면 어땠을까. 살던 곳의 모든 것을 갑자기 버리고 떠나야 하는 일은 쉽게 받아들여지지 않았다. 엄마도 나도 동생도 모두 거부했다.

지금에 와서 되짚어 보면 아버지한테는 갑작스러운 결정이 아니었던 것 같다. 아버지는 혼자서 오랫동안 생각해 왔을지 모른다. 다만 구체적인 계획은 없었던 상태로, 결심을 굳히게 만든 '임계점 사건'이 닥쳤다.

아버지는 한 회사에서 20년 이상 근무했다. 그사이 크고 작은 여러 일들이 누적되어 왔을 테지만, 아버지가 결정을 내리도록 하지는 못했을 것이다. 그런데 그 사건이 아버지한테 용기를 주었을지도 모른다. 아버지는 회사 차량을 운전하다가 사고를 냈고, 다친 사람은 아버지뿐이었다. 아버지의 실수로 일어난 사고였고, 사고 시간이 퇴근 이후라 회사 일을 하는 중이 아니라서 보상을 받지 못하고 퇴직했다. 굳이 퇴직할 필요는 없었지만 아버지는 퇴직을 고집했다. 그리고 고향에 가서 농사를 짓겠다고 선언했다. 엄마는 반대했지만, 아버지는 마음을 바꾸지 않았다.

"더 이상 이렇게 살지 않을 거다."

엄마와 아버지가 다투던 날 안방에서 터져 나오던 목소리를 기억하고 있다. 오래 억눌려 있다가 마침내 터진 것 같은 아버지의 목소리를 나와 동생은 숨죽여 들었다. 아버지는 속았다고 했다. 오랫동안 눈치채지 못했지만 속고 있었으며, 사고를 계기로 정신을 차린 거라고 말했다. 아버지는 이 세상에 속고, 이 도시에 속고, 직장에서 속았다고 했다. 그리고 속았다는 것을 깨달은 사람은 두 번 다시 속아서는 안 된다고 말했다. 결국 아버지는 혼자 장원으로 내려갔다.

나는 가끔 아버지가 도대체 무엇에 속았다는 것일지 생각할 때가 있다. 아버지 역시 엄마처럼 이루어질 만한 꿈을 꾸고 그 꿈을 이루면서 살아왔다. 적어도 겉으로 보기에는 눈앞에 보이는 꿈들을 이뤄 내면서 살아온 아버지가 어째서 속았다고 생각하는 것일까.

아버지와 엄마는 같은 고향에서 자란 사이다. 엄마는 고등학교 때부터 서울에서 지냈고, 아버지는 대학에 진학하면서 서울에 오게 되었다. 두 사람은 서울에서 다시 만나 서른에 결혼했다. 아버지와 엄마는 습관적으로 성실한 사람들이다. 두 사람은 그 성실한 태도로 인생을 관리했다. 동생과 내가 자라는 동안 엄마와 아버지는 자신들이 바라던 막연한 꿈이 무엇인지 좀 더 구체적으로 깨닫게 되었다. 엄마의 꿈은 이 도시에서 중산층으로 사는 거였다. 아버지의 꿈도 엄마와 같았고, 그 꿈은 이루어질 것 같았다. 아버지는 근무하는 회사에서 계속 진급했다. 분양받은 아파트도 중산층이 모여 사는 지역이었다. 많은 사람들이 선망하는 신도시의 아파트를 소유했고, 대기업 계열의 제과회사 중간 관리자이며, 두 자녀를 둔 것으로 자신이 중산층에 속한다는 사실을 아버지는 의심하지 않았을 것이다.

하지만 아버지가 사고로 다치고 퇴직하게 되자 숨어 있던 속사정이 드러났다. 아파트는 절반 이상이 대출금이었고, 매매 금액은 기대에 한참 못 미쳤다. 아파트를 팔아 대출금을 갚고 나자 전에 살았던 연립 주택에 들어갈 정도의 금액이 남았다. 그마저도 절반은 아버지가 장원에서 터를 잡는 데 써야 했다.

만일 가족 모두가 이주했다면 견디기 조금 쉬울 수도 있었다. 졸지에 사정은 나빠졌지만 가족이 모여 사는 것으로 위안을 삼았을지 모른다. 그런데 엄마는 이주하는 것을 거부하고 직장부터 구했다. 직장이 우리를 이 도시에 붙잡아 둘 수 있다는 듯이. 엄마에게 주어진 자리는 백화점 지하 마트 판매직이었지만 마나하지 않았다. 엄마는 당장 붙들 밧줄이 필요했다. 하지만 정작 우리를 이 도시에 남게 한 것은 엄마의 직장이 아니라, 나의 입시였다. 어쩌면 엄마는 내가 대학에 들어갈 때까지만 참고 있는지도 몰랐다. 엄마가 이 도시에서 꾸던 꿈의 여운이 나의 대학 입시로 잠시 더 이어지고 있는지도 몰랐다.

"이번 방학에는 나도 안 갈 거야."
"왜."
"이유 알잖아."
"스탠드랑 태블릿 내가 받아 둘게."

"그깟 물건 때문이 아니야. 애들이 돌아와서 내가 없으면 실망할 거라구!"

"네가 안 가면 아버지가 실망할 텐데."

그 말에 동생 표정이 불쑥 진지해졌다. 아버지는 물론이고 외할머니와 외할아버지는 방학이 되면 나와 동생이 오기를 기다린다. 더구나 이번 방학에 나는 못 가기 때문에 준은 반드시 가야 한다.

"누난 장원에 가는 게 좋아?"

"가는 건 좋지."

"사는 건?"

그 질문에는 선뜻 답하지 못했다. 아직은 엄마 의견에 따르고 있지만 언젠가는 각자 원하는 곳에서 살게 될 것이다. 나는 도시에 살기를 원하지만 마음을 확실히 정한 건 아니었다. 내가 머뭇거리고 있자 준이 먼저 하고 싶은 답을 했다.

"난 여기서도 살고 싶고, 거기서도 살고 싶다는 게 문제야."

무슨 말을 하고 싶은 건지 알 수 없어서 유심히 바라보자 준이 이렇게 말했다.

"왜 꼭 둘 중 한 곳을 정해서 살아야 해?"

"여기랑 장원에서 번갈아 살고 싶은 거라면 지금 그러고 있잖아."

"그 말이 아니야. 내 몸이 두 개였으면 좋겠다는 말이야. 이곳에도 살고, 동시에 저기서도 살고."

"가능한 일을 바라야지."

"동시에 두 개의 길을 갈 수도 있다고 했잖아! 입자들은 그렇게 한다고 누나가 말했던 거 있잖아. 그거 뭐랬지?"

"중첩 말하는 거야?"

"그래. 바로 그거."

"그건 전자들 경우고, 인간은 그렇게 안 되지."

"왜?"

준은 자기 나름대로 생각한 바를 설명했다. 준이 한 말은 대략 이런 의미였다. 물질의 최소 단위 입자인 전자들이 하나의 몸으로 두 개의 길을 동시에 갈 수 있다면 사람도 가능성이 있다. 인간도 결국은 입자들이 모여 이루어진 형태니까. 한 개의 입자가 아무도 보지 않을 때는 두 개의 길을 동시에 갈 수 있는 것처럼 사람도 어떤 최상의 자유에 도달하면 두 개의 삶을 동시에 살 수 있을 거라는 거다. 그리고 어쩌면 사람은 이미 그 방식을 어느 정도 알고 있는데, 그것이 바로 마음은 여기 있고, 몸은 저기 있는 상태라는 거였다. 나는 웃음이 솟는 걸 참으면서 진지하게 대화를 받았다.

"시골에 내려가도 마음은 여기 있을 거라는 말이지?"

그러자 준이 고개를 크게 끄덕였다.

"누나가 알아들을 줄 알았어. 이번 방학엔 장원에 안 간다고 할 거야. 엄마한테 말할 때 좀 거들어 줘."

하지만 엄마는 준의 의견을 절반만 받아들였다. 어른들이 기다리고 있으니 일단 내려가서 생각해 보라고 했다. 그때도 생각이 바뀌지 않으면 언제든 다시 올라와도 좋다고 했다. 준은 굉장히 숙고하는 척하더니,

"알았어요."

라고 대답했다. 준은 방학식 다음 날 출근하는 엄마를 따라나섰다. 엄마가 근무지 옆에 있는 터미널에서 준을 고속버스에 태워 보내면, 도착지에서 기다리는 아버지와 만나기로 했다.

*

장마철이 끝났다고 하는데 비 오는 날은 더 잦았다. 보충 수업을 마치고 집에 왔을 때 집 주변은 숲에서 피어오른 습기와 보슬비가 만들어 낸 밀도 높은 안개에 파묻혀 있었다. 소리조차 천천히 흐르는 것 같은 통로 쪽으로 걸어 들어가면서 아침과 뭔가 달라졌다고 생각했다.

냄새였다. 습기에 흙냄새가 배어 있었다. 누군가 작물을 손보고 잡초들을 뽑아 내면서 흙을 뒤집어엎을 때 나는 냄새. 땅속에 숨어 있던 냄새들이 공기 중으로 스미는 냄새였다. 이 집에서 흙을 갈아엎을 사람은 할머니뿐이었다.

예상대로였다. 정원의 감자밭 일부분이 파헤쳐져 있었다. 감자를 수확했다면 1층 사람들이 왔다는 말이다. 하지만 할머니와 두

아이의 모습은 보이지 않았다. 집 안에 들어와서 주방 창으로 뒤
꼍을 살폈지만 아무도 없었다. 약간 기괴한 기분이 들어 주방 창
을 닫았다.

1층 생각을 털어 버리려고 분주하게 움직였다. 대충 방을 청소
한 뒤 문제집을 꺼내 책상 의자에 막 앉았을 때였다.

—1층 소식 없어?

준한테서 문자가 왔다. 준은 시골에 내려가면서 나한테 한 가
지 제안을 했었다. 준과 내가 각자 머물고 있는 시공간을 공유하
자고 했다. 나는 여기 일을 준한테 알리고, 준은 장원 일을 나한테
알리자는 것이다.

순의 제안이 장원에 가고 싶은 내 마음을 일깨웠다. 나는 장원
에서 살고 싶지 않았다. 그래서 그곳에 가고 싶은 마음을 누르고
있었다. 장원에 가는 일을 기뻐하면 결국 거기서 살게 될 거라는
두려움이 있었다. 그래서 굳이 아버지와 외할머니와 외할아버지
를 보고 싶은 마음을 감추고 있었다.

"누나도 사실은 가고 싶잖아."

그랬다. 준이 일깨워 주지 않아도 나도 방학하자마자 장원에 가
고 싶었다. 입시를 핑계로 숨고 있을 뿐이었다. 그런데 서로 머물
고 있는 장소를 실시간으로 공유하면 그곳에 가지 않고도 가 있
는 기분을 느낄 수 있을 것이다. 준과 나는 SNS 계정을 생성하고
그곳에 서로의 일상을 올렸다. 나는 외할머니와 외할아버지, 아버

지를 준이 올린 사진이나 영상으로 만나고, 준은 내가 올린 이곳 풍경을 보면서 아래층 사람들이 왔는지 살폈다.

"이렇게 하면 각자 두 개의 길을 가는 거지?"

준이 물었을 때 나도 약간 들떠서 답했다.

"우리 둘의 길을 합하면 네 개의 길을 동시에 갈 수 있게도 되겠네?"

그러자 준은 굉장한 발견을 한 것처럼 반짝이는 눈으로 나를 쳐다보았다. 그리고 그 어느 때보다 크게 고개를 끄덕였다. 준은 다른 그 무엇보다 과학을 빗대어 세상을 해석하는 일을 좋아한다. 그리고 과학적 상상력으로 말이 통하는 사람을 신뢰한다. 그 순간 준이 나한테서 신뢰할 만한 고리를 발견했는지도 몰랐다.

급한 일은 문자로 전하는 게 빨랐다. 그래서 계속 문자를 주고받았다.

—누가 오긴 왔어. 1층 사람들인지는 아직 모르고.

파헤쳐진 감자밭을 찍은 사진을 우선 보내 주었다. 그러자 즉각 답이 왔다.

—분명히 왔네.

아래층에서는 여전히 아무런 기척이 없었다. 벽장 문을 열고 귀를 기울여 보았지만 역시 들려오는 소리는 없었다. 집 안에 아이들이 있다면 이렇게까지 조용할 수 없을 것이다.

그런데 1층 사람들이 돌아온 게 아니라면 감자밭은 대체 누가 손본 걸까? 갑자기 오싹한 생각이 들어 집 안의 문들을 전부 닫아 잠갔다. 준한테서 다시 문자가 왔다.

—지금 고속버스 타러 가는 중.

연거푸 문자가 날아들었다.

—엄마 퇴근할 때 같이 감.

—그사이에 다른 소식 있으면 알려 줘.

준이 다시 이곳으로 오기 위해 어떤 말로 아버지를 설득했을지 생각하다가 혼자 소리 내 웃었다. 그런데 그와 동시에 합판 아래 계단에서 누군가 뛰어 내려가는 소리가 났다. 작고 가벼운 발걸음이었다. 종려와 자작이 틀림없었다. 두 아이 역시 2층 상황을 살피고 있었던 거다. 농생을 부르려고 기회를 엿보고 있었을지도 몰랐다.

1층에 사람이 있다고 생각하니 집에 혼자 있는 오싹한 기분 같은 건 순식간에 휘발되어 버렸다.

엄마와 준이 올 시간에 맞춰 집에서 나섰다. 어둠 속에서 하늘이 개고 있었다. 구름이 물러나면서 드러난 밤하늘이 시원했다. 몇 시간 사이 습기도 많이 가신 것 같았다. 가벼워진 공기를 타고 벌레들 울음소리가 쏟아져 나왔다. 1층은 깜깜했지만 안에 사람이 있다는 걸 알고 있어서 무섭지 않았다.

중문을 막 통과했을 때였다.

턱.

갑자기 검은 물체가 통로로 떨어졌다. 담장 너머에서 안으로 던진 것 같았다. 바로 다음 순간 누군가 이웃집과 연결된 담을 넘어 통로 안으로 미끄러져 내려왔다. 그러곤 먼저 떨어진 물체를 주우면서 내 쪽으로 향했다. 어두워서 제대로 보이지는 않았지만 검은 옷을 입은 남자 같았다.

그 사람과 나는 통로 양 끝에 마주 섰다. 아주 잠깐 멈춰 섰던 남자가 물체를 툭툭 털어 둘러메고 내 쪽으로 천천히 걸어왔다. 소리를 지르고 싶었지만 목이 열리지 않았다. 하지만 무의식중에 재빨리 뒷걸음쳐 중문 안으로 들어가서 문을 잠갔다.

중문 앞까지 천천히 걸어온 남자가 잠시 멈춰 있다가 문을 두드렸다. 나는 뭔가 말을 해야 했지만 입이 떨어지지 않았다. 그러자 남자가 크게 숨을 내쉬었다. 답답해하는 기색이 느껴졌다. 중문을 사이에 두고 남자가 물었다.

"누구십니까?"

내가 물어야 하는 말이었다. 생각보다 거칠지 않은 남자의 목소리에 내 목청이 열렸다. 나는 1층 안까지 들리도록 큰 소리로 되물었다. 1층에 사람이 있다는 것이 용기를 주었다.

"그러는 당신은 누군데요?"

그러자 남자가 픽 웃는 것 같았다. 나는 더 큰 소리로, 거의 외치다시피 말했다.

"남의 집에 함부로 들어오면 경찰에 신고할 겁니다!"

그때였다. 1층 현관문이 덜컥 열리는 소리가 났다. 내 등 뒤쪽이었지만 할머니와 두 아이가 밖으로 나오는 기척이 느껴졌다.

"무슨 일이오?"

할머니가 물었다. 순간 나는 이렇게 답했다.

"위험하니까 안으로 들어가 계세요."

하지만 할머니는 도리어 중문을 향해 성큼성큼 걸어왔다. 할머니와 두 아이가 막 내 곁에 다가와 섰을 때 중문 밖에서 나직한 목소리가 건너왔다.

"저예요."

동시에 통로 지 끝에서 대문이 열리는 소리가 났다. 준과 엄마가 대문 안으로 들어왔다. 그 소리에 할머니가 급히 중문을 열었다. 할머니와 담을 넘어 온 남자, 그리고 자작과 종려는 약속이나 한 듯이 입을 다물고 발소리를 죽이면서 서둘러 움직였다. 1층 현관문이 열리고 사람들이 빨려 들어가듯이 집 안에 들어가고 나서야 준과 엄마와 나는 서로를 바라보았다.

숨거나, 죽거나

엄마와 준이 동시에 물었다.

"누구야?"

"할머니 손자래."

걸어 잠근 중문 앞에 서 있는 나를 슬쩍 밀치면서 할머니가 분명히 그렇게 말했었다.

'우리 손자요.'

그자가 담을 넘어 들어왔다는 말은 하지 않았다. 엄마한테 공연한 걱정거리를 안겨 주고 싶지 않았다. 엄마도 더 이상 묻지 않았다.

"누가 올라와."

2층에 올라온 지 삼십 분도 채 되지 않았을 때였다. 준이 미닫이문을 열고 뛰쳐나왔다. 누군가 철 계단을 올라온다는 것이다.

뜻밖에도 테라스에 나타난 사람은 할머니였다. 테라스 불을 밝히자 할머니가 급히 손을 휘저었다.

"불은······."

할머니가 입을 열자마자 엄마가 테라스와 거실 전등을 껐다. 그러자 할머니가 희미하게 웃는 것 같았다. 그 순간 나는 할머니가 현실에 있는 사람이 아니라 환영에 불과할지도 모른다고 생각했다. 왜 그런 생각이 들었는지 모르겠다. 키 큰 할머니가 한 손에는 종이봉투를 들고 다른 손으로 백발을 쓸어 넘기며 어두운 테라스에 서 있는 모습이 현실에 있는 사람 같지 않았을 수도 있다.

할머니가 건넨 종이봉투 안에는 축축한 흙냄새를 풍기는 감자가 들어 있었다. 엄마가 봉투를 받아 들고 인사말을 하려는데 할머니가 서둘러 말했다.

"아까는 좀 놀랐을 거요."

어떻게 응대해야 할지 몰라서인지 엄마는 입을 다물고 있었다. 할머니가 나직하게 속삭였다.

"그런데······ 우리 집 일은 입 밖에 내지 말았으면 한다오."

곁에 서 있던 준이 고개를 크게 끄덕였다. 나는 우리만 알아들을 정도로 작게 "예" 하고 답했다. 할머니는 엄마를 잠시 바라보다가 할 말은 다 했다는 식으로 손을 가볍게 털면서 계단 쪽으로 걸어갔다.

할머니의 당부에 가장 먼저 고개를 끄덕인 준이 의문이 다 풀

리지 않는다는 표정으로 나와 엄마를 따라 다녔다. 사실 1층 일이
가장 궁금한 사람은 준일 것이다.

"누가 온 거 비밀로 하라는 말이지?"

준이 거기까지는 알겠다는 듯이 혼잣말을 중얼거렸다. 그러곤
엄마와 나를 번갈아 보면서 물었다.

"그런데 그걸 왜 비밀로 하라는 거야?"

준은 답답한 마음을 터뜨렸다. 나는 결국 할머니 손자라는 사람
이 담을 넘어왔다는 말을 꺼냈다. 그 사람이 담을 넘는 걸 내가 봤
으니 그걸 이상하게 여길까 봐 할머니가 직접 올라와 당부한 거
아니겠냐고 했다.

"담을 넘었어?"

준이 그런 엄청난 일을 왜 이제야 알리냐며 목소리를 높였다.
1층 초인종이 먹통인 데다 하필 열쇠를 잃어버렸는데, 밤에 소리
쳐 부르기는 곤란하니 담을 넘었을 거라고 답했지만 확신은 없었
다. 나를 빤히 보고 있던 준이 솔직하게 다 털어놓으라는 투로 쏘
아보았다. 엄마가 옥신각신하고 있는 우리 둘을 번갈아 보다가
이렇게 말했다.

"아래층에 사람 사는 거 우리만 아는 거다."

준과 내가 여태 지키고 있던 비밀을 엄마가 당부하자 준이 물
었다.

"왜요?"

"이 집 1층은 비어 있어야 해."

"사람 살고 있잖아요!"

엄마는 다시 한번 준과 나를 바라보면서 이렇게 말했다.

"숨겨 주자는 말이야."

"숨겨요?"

"그래. 숨어 있는 건지도 모르니까."

준과 나는 동시에 서로를 보았다. '숨어 있다'는 말은 그동안 준과 내가 1층 사람들에 대해 가지고 있던 의문을 정확하게 표현하는 말이었다. 엄마가 보기에도 그들은 숨어 있는 사람들이었다.

"그런데 왜 이 집에 숨어 있어요?"

내가 묻고 준이 고개를 크게 끄덕이지 엄마는 그 어느 때보다 긴장한 표정으로 어른들만 아는 비밀이라도 발설하듯이 조심스럽게 이야기를 꺼내 놓았다.

알고 보니 엄마는 우리보다 먼저 1층에 사람이 있다는 것을 눈치챘다고 한다. 처음에는 관리인이 머물고 있다 여겼는데 시간이 지나면서 이상함을 느꼈다. 관리인이라면 사람이 살지 않는 것처럼 조심하면서 지내지는 않을 거였다. 엄마가 상황을 눈치채고도 경찰에 신고하지 않은 이유를 나는 짐작할 수 있었다. 일이 커져서 이 집을 나가야 하면 어디서도 이만한 집을 구할 수 없으리라는 생각에 망설였을 것이다. 일단은 별다른 위험 신호는 없어서 다행이었다. 그렇게 엄마는 우리가 불안해하지 않도록 모른 척 지내며 대응 방법을 고민하고 있었는데, 어느 날 정원에서 1층 할머니와 마주쳤다.

그때 1층 할머니가 동생과 나에게 했던 말을 엄마한테도 했다고 한다. 할머니 아들이 이 집의 주인이니, 자신은 집주인이나 마찬가지라고 했다는 것이다. 엄마는 할머니가 한 말을 전부 믿지는 않았지만 함부로 의심할 일도 아니라고 생각했다. 하지만 조만간 부동산에 문의는 해 봐야 했다.

그러고 얼마 지나지 않아 동네 사거리 약국에 들렀다가 예기치 못한 이야기를 들었다고 한다. 몇 번 드나들면서 얼굴을 익힌 약사가 엄마한테 물었다.

"그 집 살기 어때요?"

엄마가 선뜻 답하지 못하고 있자 약사가 이삿짐 들어올 때 봤다면서 거듭 그 집 살기 어떠냐고 물었다. 약사가 말을 이었다.

"그 집이 전에는 이 동네서 제일 훤했어요. 예전 주인어른이 돌아가시기 전에는 옆집까지 그 집 정원이었거든요."

"그래서 대문이 그렇게 바뀐 거로군요?"

엄마가 입을 열자 약사가 한숨을 쉬면서 말을 이었다.

"그렇죠. 이제는 집이 음침해져서…… 귀신 나온다는 소리까지 나오고요."

"귀신이요?"

엄마가 되묻자 약사는 별일 아니라는 식으로 답했다.

"귀신이 별거랍니까. 사람 마음이 사무치면 귀신이나 마찬가지지요."

"그 집에 원한 가진 사람이 있어요?"

약사는 엄마의 그 말을 기다렸다는 듯이 알려 주었다.

"전에 세 들었던 사람은 몇 개월 못 살고 나가더라구요."

약사는 엄마가 들고 있는 약봉지를 보면서 전에 살던 사람도 수시로 청심환이니 피로 회복제니 해열제를 사 갔다면서 조금이라도 미심쩍은 점이 있으면 그냥 넘기지 말고 부동산에 가서 문의해 보라고 알렸다. 약사가 부동산 쪽을 턱으로 가리키면서 진지한 표정으로 이렇게 속삭였다.

"그 집에 대해서는 저이가 잘 알아요."

곧장 찾아간 부동산에서는 엄마를 보자 당황하더라고 했다.

"집에 무슨 문제라도 있어요?"

인사도 없이 그 말부터 꺼내 놓기에 엄마가 아무 문제도 없으며 집에 만족한다고 하자 중개인이 한숨을 쉬었다. 하지만 여전히 안심 못 하는 눈치를 보이면서 무슨 일로 왔는지 물었다.

"1층에 누가 살고 있는 건 아시죠?"

엄마가 묻자 중개인이 급히 되물었다.

"만났어요?"

엄마가 그렇다고 하자 중개인이 의자에 털썩 앉았다. 엄마가 맞은편 의자에 앉으면서 중개인을 바라보았다. 한참 엄마의 시선을 견디고 있던 중개인이 생각보다 어렵지 않게 이야기를 털어놓았다.

몇 년 전까지 그 집의 주인은 1층에 살고 있는 할머니 부부였다. 할머니 부부는 삼십 년 이상 그 집에서 살았다. 할아버지가 돌아가시자 그 집은 아들이 물려받았다. 아들은 아버지가 사망한 해에 정원 부지를 팔았다. 정원 부지를 사들인 사람은 그 터에 3층 집을 올렸다. 그때부터 그 집은 그늘에 묻힌 집이 되고 말았다. 정원 부지에 집이 들어선 다음 해에 할머니 아들은 집마저 팔려고 내놨다.

"음지에 묻힌 구석 집이라 그렇게 쉽사리 팔릴 줄은 몰랐어요."

그 말을 하면서 중개인은 큰 죄를 지은 것처럼 몹시 괴로운 표정을 지었다. 집을 중개한 건 잘못이 아니라고 엄마가 말하자 중개인은 머리를 가로저었다.

"그때 할머니가 오셔서 집이 팔리지 않게 해 달라고 신신당부했거든요."

중개인은 할머니가 당장이라도 문을 열고 들어오기라도 할 것처럼 문 쪽을 주시하면서 손등을 비볐다. 잠시 안절부절못하던 중개인이 자세를 가다듬고 말을 이었다.

"그 댁 아드님은 매일 오다시피 하면서 빨리 팔아 달라고, 서둘러 팔아야 한다고 재촉을 하고요."

중개인은 그 동네에서 태어나 자란 사람이고, 중개인 아버지가 오래전부터 해 오던 부동산을 함께 운영하고 있노라고 했다. 그래서 누구보다 할머니네 사정을 잘 알고 있었고, 할머니의 당부까지 더해 그 집 파는 일에 적극 나서지 않고 있었다. 그런데 그 집에 드리운 그늘이 마음에 든다는 사람이 나왔다. 외국에 살다가 돌아온 대기업 직원이라는 사람이 그 집을 한 번 보고는 바로 계약했다.

"미국 텍사스에서 살다 왔다더라고요."

중개인은 그 사람이 건조한 바람이 불고 뜨거운 햇볕이 내리쪼이는 지역에서 살다 와서 그런지 숲과 그늘이 좋았던 모양이라고 했다. 그리고 텍사스 같은 지역에서는 농남향 집보다는 서북향 집을 선호한다는 설명을 덧붙였다.

"하필 집 보러 갔을 때가 여름 한낮이라…… 여름에 그 집이 시원하고 그늘지고 그렇잖아요."

엄마가 동의의 표시로 고개를 끄덕이자 중개인은 죄의식을 조금 털어 낸 것처럼 얼굴 표정이 밝아지면서 자세를 고쳐 앉았다.

아무튼 그 집이 팔리자 할머니 가족은 이 동네를 떠났다. 할머니는 유학 간 딸이 맡긴 쌍둥이를 키우고 있었는데 그 아이들을 데리고 어디로 갔는지는 모른다고 했다.

"쌍둥이 말고 손주가 또 있어요."

할머니 아들은 결혼을 두 번 했는데, 첫 결혼에서 낳은 아이를 여섯 살 때부터 할머니 부부가 키웠다고 한다.

"두 어르신이 그 손주를 얼마나 애지중지했게요."

중개인은 돌아가신 할아버지가 골동품점을 운영했으며 틈만 나면 손주를 데리고 산으로 다녔다는 이야기도 해 주었다. 어린 손주를 데리고 산에 오르는 모습을 본 사람이 한둘이 아니었다.

"그 손주는 집이 팔릴 무렵부터 보이지 않았어요. 쌍둥이들하고는 나이 차가 많이 나서 이미 성인이었으니 혼자서도 지낼 수는 있었을 거예요."

할머니가 살던 집을 사들인 사람은 그 집에서 오래 살지 않았다. 그들 가족은 다시 외국에 나가게 되어 그 집을 팔려고 내놨다. 하지만 팔리지 않자 전세로 내놓았다. 가구와 가전 일체를 그냥 두고 외국에 나가면서 관리를 부동산에 맡겼다.

처음에는 집 전체를 사용하는 세입자가 들었는데 일 년도 채 살지 않았다. 다음엔 1층과 2층에 각각 세입자가 들었고 이들 역시 몇 개월 만에 나갔다. 그 후엔 2층에만 세입자가 들었다. 그 세입자는 부동산에 와서 언성을 높이면서 싸우기까지 했다. 부동산이 사기를 쳤다고 하더란다. 귀신 나오는 집을 속이고 소개해 줬다는 거였다.

"귀신이요?"

"할머니를 보고 놀란 것 같더라고요."

"할머니가 그때도 이 집에 살았다는 건가요?"

중개인 말에 의하면 할머니는 2층에만 세입자가 들면서부터 1층
에 몰래 살고 있었다. 할머니는 전에도 종종 그 집에 나타나곤 했
는데, 집 뒤에 이어진 산으로 드나들면서 주변 사람들 눈을 피한
것 같다고 했다. 밤이나 새벽, 예기치 못한 시간에 할머니를 본 세
입자들이 놀라는 일이 반복되었다. 그 무렵부터 동네 사람들한테
귀신 붙은 집이라는 소문이 돌았다. 그래서 그 집은 동네 사정을
모르는 사람들한테나 세를 놓는 흉가나 마찬가지가 되었다.

"그런 일을 그냥 두면 어째요."

"할머니가 갈 곳이 없다고 하더라고요."

"갈 곳이 없다니요?"

"자세한 사정은 몰라요. 하지만 당장 가 있을 곳이 없는 것 같아
요."

"문제 생기면 어쩌려고요."

엄마가 묻자 중개인이 잠시 침묵하다가 변명하듯 설명했다. 주
변 사람들 눈에 띄지만 않으면 할머니가 얼마간 1층에서 지내도
괜찮겠다 싶었다는 것이다. 수돗물 외에 공과금이 나올 만한 건
모두 잠가 두었다는 말도 덧붙였다.

"그 집을 그분만큼 잘 아는 사람은 없어요. 수십 년 살던 집이니
까요."

할머니가 그 집에서 나간 후에 사정이 어떻게 된 건지는 모르
겠지만, 여기밖에 머물 곳이 없다는 말은 진실일 거라고 했다. 그

러면서 중개인은 엄마한테 한 가지 제안을 했다. 1층에 세입자가 들거나, 집이 팔릴 때까지만 할머니가 이 집에 있는 걸 모른 체하자는 것이다.

"그러다가 나중에 곤란해질 수도 있어요. 거짓말도 하시던데요."

"무슨 거짓말을요?"

"집 소유자가 아들이라고 하시던데요."

엄마 말에 중개인은 잠시 침묵하다가 이렇게 답했다.

"아직 인정하기 힘들어서 그럴 거예요."

"착각하고 있다는 거예요?"

"착각은 아닐 거고요. 본인 사정을 받아들이는 데 시간이 좀 걸리는 거겠지요."

엄마가 입을 다물고 있자 중개인은 엄마를 쳐다보면서 조심스럽게 사과하듯 이렇게 말했다.

"그런 집을 소개해서 미안합니다. 지금이라도……"

중개인의 말에 엄마는 집을 보고 나서 계약을 서두른 이유에 대해서 새삼 생각해 보았다고 한다. 돈 문제도 있었지만, 무엇보다 엄마는 그늘지고 어두운 이 집에 숨어 있고 싶었다. 숨어서 정신을 좀 가다듬고 싶었다. 아버지가 충분한 설득 없이 장원으로 내려가 버리고 나서 엄마는 갑자기 길을 잃어버린 것 같았다고 했다. 지금껏 엄마가 꿈꿔 온 모든 것이 사라져 버린 것 같았다.

그런 상태에서 다음으로 넘어갈 용기가 없었다. 그래서 숨고 싶고, 숨을 수밖에 없었다고 했다. 아버지의 결정에 순순히 따르면 엄마는 더 편할 수도 있었다. 하지만 강요를 받아들이고 나면 언젠가는 후회할 것이다. 그러면 아버지를 미워하게 될 것이다. 결정은 엄마 자신이 내려야 했다. 다음으로 나아가기 위해 숨어 있을 시간과 장소가 필요했다. 엄마가 이 집에 이끌린 까닭이 그 때문이라는 것을 그때 알게 되었다고 했다.

"그런 일로 이사 갈 필요까지는 없지요."

엄마가 답하자 중개인이 우려낸 차에 얼음을 띄워 엄마 앞으로 밀면서 나지막한 목소리로 말했다.

"사람이 죽는 일은 없어지지요."

"죽다니요?"

중개인은 한 가지 이야기를 전했다. 1층에 살던 세입자가 이사 나간 후 중개인이 그 집을 살펴보러 간 적이 있었다. 1층 큰방 침대에서 할머니와 쌍둥이가 곤히 낮잠을 자고 있었다. 얼마나 깊이 잠에 빠져들었는지 중개인이 집 안에 들어가는 소리도 듣지 못한 모양이었다. 중개인은 할머니와 두 아이가 잠들어 있는 모습을 바라보다가 틈이 벌어진 커튼을 여며 주고 방에서 나왔다고 한다.

그런데 그 당시에는 미처 생각지 못했지만 그날 일이 아무래도 마음에 걸린다고 했다. 할머니를 냉정하게 몰아내면 아이들까지 데리고 그 집에서 죽을 수도 있다는 생각이 들었다는 것이다.

"그럴 생각으로 이 집에 숨어들었을 거란 말이에요?"

"숨을 곳조차 없으면 마지막 생각을 하게 되지 않겠어요."

쌍둥이를 떠맡은 데다 갈 곳이 없게 된 할머니 속사정이 어떤지는 모르겠지만, 이 집에도 숨어 있을 수 없게 된다면 죽음을 선택할지도 모른다. 그러니 우리만 모른 체해 주면 시간을 좀 벌어 줄 수 있다고 중개인이 말했다.

"할머니도 그 집에서 오래 있을 수 없다는 걸 알고 있어요."

"이야기해 봤어요?"

할머니 쪽에서 중개인을 기다린 적이 있다고 한다. 할머니와 두 아이가 잠든 모습을 지켜본 뒤부터 중개인은 그 집에 드나들 때면 일부러 큰 소리를 냈다. 피하거나 숨을 시간을 주기 위해서였다. 그런데 언젠가 비가 거세게 내린 다음 날, 할머니가 중개인이 오기를 기다린 것처럼 현관문을 열고 나왔다.

"오래 곤란하게 하지는 않을 거라고 했어요. 곧 손주가 제대할 거라면서요. 아들 손주가 군대에 갔었던 모양이지요."

그 말을 하면서 중개인이 엄마를 바라보았을 때 엄마는 이렇게 답했다.

"1층은…… 어차피 비어 있는데요."

그날 이후 엄마와 부동산 중개인은 1층 사람들에 대해서 모르는 것처럼 행동했다고 한다.

*

희미한 종소리에 눈을 떴다. 모처럼 듣는 아스라한 종소리가 아득한 옛날에서 걸어 나와 먼 미래로 나아가고 있는 것만 같았다. 가만히 누워 흘러 들어오는 소리를 따라가다가 준이 여태 꼼짝하지 않는 게 이상하다는 생각이 들었다. 엄마가 출근한 지 한참 지났는데 여태 자는 건가? 벽장 방 미닫이문을 열어 보았다. 역시나 준은 방에 없었다. 준이 어디 있을지 예상이 가지만 그래도 불안한 마음에 휩싸여 서둘러 거실로 나온 참이었다.

"누나!"

준이 슬리퍼를 벗어 던지면서 거실 창문턱을 넘어 들어왔다. 어디서 오는 거냐 묻기도 전에 준이 먼저 알렸다.

"오늘 감자 캐야 된대. 낮엔 뜨거워서 못하니까 아침에 다 해야 돼."

준은 대단한 농부라도 된 양 으스대면서 자기 방으로 뛰어 들어가 긴바지와 긴팔 운동복으로 갈아입고 나왔다. 그리고 밖으로 뛰어나가면서 외쳤다.

"누나도 내려와. 장갑 끼고 와."

"장갑은 왜?"

"누난 흙 무서워하잖아!"

일단 테라스로 나가서 아래를 살폈다. 자작과 종려가 흙을 파

72

헤치며 장난하고 있었다. 숨은 감자를 줍는 모양이었다. 지난밤에 담을 넘어 들어왔던 사람이 엉킨 감자 줄기들을 헤치며 잡초를 솎아 내고 있었다. 감자 줄기보다 잡초가 무성해서 작업이 쉽지 않아 보였다.

감자를 수확하는 과정은 알고 있다. 누렇게 시들기 시작하는 줄기들을 뽑아 올려 옆으로 눕혀 놓는 초벌 작업을 해 두면, 뒤를 따르는 사람이 감자가 호미에 상처 입지 않도록 조심하면서 호미로 흙을 떠들어 올리고 감자를 줍는다. 외할머니와 외할아버지는 어찌나 정성스럽게 감자를 수확하는지 두 분이 수확을 마친 감자 이랑은 새로 땅을 일구어 놓은 것처럼 가지런했다.

준이 소란스럽게 불러 대기 전에 알아서 내려가 보기로 했다. 무엇보다 지난밤의 오해도 풀어야 했다.

"어제는 놀라게 해서 미안합니다."

할머니 손자 쪽에서 먼저 흙투성이 목장갑을 낀 손을 털면서 일어섰다. 간단하게 고개를 숙이는 정도로 인사하자 저쪽에서 말을 이었다.

"몇 년 전엔 나도 고3이었어요."

준한테 나에 대해 대략 들은 모양이었다. 준이 어디까지 이야기했을지 몰라 어설프게 고갯짓하고 일단 땅에 있는 호미를 집어들었다. 잡초는 원래 뿌리에 힘을 '꽉' 준다고 외할머니가 알려 준 적이 있었다. 그리고 잡초들이 뿌리 식물을 자극해서 알을 더 크게 만들기도 한다고 했다.

"형."

준은 벌써 그를 형이라고 부르면서 따랐다. 준과 그는 뭔가 죽이 맞아 보였다. 준은 종종 나를 향해 누나가 형이었으면 얼마나 좋아!라고 탄식하는데, 그렇게 원하던 '형'이 생겨서 기쁘다는 티를 숨기지 않았다.

오전 열 시가 넘자 기온이 훅, 올랐다. 산에 접한 집이라 순간순간 서늘한 바람이 불었지만 뜨거운 공기를 밀어내지는 못했다. 뒷정리를 마치자마자 나는 동생을 이끌고 2층으로 올라왔다.

"그런데 할머니가 왜 안 보여?"

동생이 그걸 이제 알았냐는 듯이 가볍게 한숨을 쉬면서 답했다.

"병원에 가셨대."

"어디 아프셔?"

"아픈 건 아니고, 돈 벌러 가신 거래."

"병원에?"

"종려가 그렇게만 말했어. 더 이상은 못 물어봤어."

"왜?"

"몰라. 괜히 불안해서."

"뭐가 불안해?"

그러자 동생은 약간 고달프다는 듯이 표정을 구기더니 이렇게 설명했다. 1층 할머니가 아무리 키가 크고 건강해 보인다고 하지

만 우리 외할머니처럼 할머니인데 돈 벌러 갔다는 게 걱정이 된
다는 거였다.

"우리 할머니도 매일 농사일하시잖아."

"우리 할머니가 하는 농사일은 진짜 같아 보이는데 1층 할머니
가 돈 벌러 갔다는 말은 가짜 같아서 그래."

나는 동생의 상상이 되도록 상식적인 범위 안에서 이루어지도
록 이끌려는 마음에 이렇게 말했다.

"눈으로 직접 보지 않아서 그런 생각이 드는 거야."

준은 어른처럼 한숨을 내쉬면서 젓가락을 식탁에 대고 콕콕 골
랐다. 내가 빤히 쳐다보자 준은 그날 이른 아침에 있었던 일을 이
야기했다.

1층에서 사람이 움직이는 기척을 느낀 건 새벽 다섯 시쯤이라
고 했다. 1층 뒤꼍에서 나는 소리를 듣자마자 방에서 나가 주방
창으로 밖을 살폈다. 뒤꼍에는 할머니와 형이 있었는데, 형은 장
작을 아궁이에 넣으며 불을 피우고, 할머니는 가마솥 안에 요리
를 하고 있었다. 한참 내려다보다가 뒤꼍으로 나온 자작과 눈이
마주쳐 소리 없이 인사하는데 형이 위를 올려다보더니 손짓으로
준을 불렀다. 준은 즉시 아래층으로 내려갔다. 그러곤 그 집 식구
처럼 어울려 아침 식사까지 했다는 것이다. 식사를 하고 자작과
종려가 그네 타는 걸 살펴 주다가 집 안에 다시 들어와 보니 할머
니가 안 계시더라고 했다.

"그네 탈 때 할머니 나가는 거 못 봤거든."

"못 볼 수도 있지."

내가 답하자 준은 정색하고 나를 불렀다.

"누나."

"왜."

"그네에서 중문이 환히 보이는데 셋 다 못 볼 수도 있어?"

"정말 못 봤어?"

"사라진 것 같다니까?"

"사라지다니?"

불쑥 놀란 나는 마음을 다시 가라앉히고 준을 바라보았다.

"재미있게 놀나 보넌 셋 나 못 볼 수도 있시."

더구나 종려와 자작처럼 어린 나이에는 뭔가에 집중하면 주변
은 아예 의식하지 못할 수도 있다. 말은 그렇게 하면서도 머릿속
에는 다른 생각이 지나갔다. 할머니가 어쩌면 이팝나무 울타리를
넘어 산으로 나간 것은 아닐까? 동네 사람들 눈을 피해 다니며
할머니만 아는 길이 있을지도 모른다. 하지만 준한테 그 말을 꺼
내지는 않았다. 그랬다가는 준이 당장 그 길을 찾아 나서려 할 것
이다.

"아무튼, 당분간 집에 못 오신대."

"그런데 형이라는 사람은 이제 군대에서 나온 거래?"

"응, 제대하고 제주도에 가서 볼일을 좀 보고 온 거래."

준은 골똘하게 생각하는 눈치더니 이렇게 덧붙였다.

"그런데 그 형 다른 데에서 온 것 같지 않아?"

"다른 데 어디?"

"다른 시공간 말이야!"

"말이 되는 소리를 해야지."

"왜 말이 안 돼! 우리 아버지도 그런데."

"아버지가 다른 시공간에 있는 건 아니지."

"나한텐 그래!"

준은 단호하게 말했다. 준이 아버지를 어떻게 생각하고 있는지 짐작해 보았다. 준 역시 아버지가 우리가 아닌 장원을 선택한 것을 이해하지 못하고 있을 것이다. 아버지는 우리를 그 어떤 것보다 우선해야 한다. 그런데 아버지가 우리보다 더 중요한 다른 것을 선택했다는 점을 받아들이기 쉽지 않았다. 아버지한테 우리보다 더 중요한 것이 있다는 사실을 준도 인정하고 싶지 않을 것이다. 그래서 아버지가 잠시 다른 시공간에 간 거라고 여기며 안심하는지도 몰랐다.

다른 공간까지는 이해하겠지만 아버지가 다른 시간 속에 있다고 여기는 건 좀 정리해 줄 필요가 있었다.

"아버지는 장원에 사는 걸 선택한 거야. 다른 시간 속에 사는 건 아니지."

"그게 그거야. 내가 생각해 봤는데, 아버지는 과거로 돌아가 사는 사람이야."

"과거라니?"

"아버지가 행복했던 옛날 말이야!"

"왜 그렇게 생각해?"

"이번에 갔을 때도 어릴 때 이야기만 잔뜩 하던데. 우리한테 돌아오지 않을 것 같더라고!"

갑자기 시무룩해진 준을 보자 불쑥 겁이 났다. 나는 되도록 가볍게 반응했다.

"돌아오지 않으면 어때. 우리가 가면 되지."

준은 내가 한 말을 뜰채로 잡은 것처럼 반응하며 반가워했다.

"내가 이래서 누나를 믿는다니까."

"느닷없이 무슨 말이야!"

"누나는 일을 쉽게 만들어."

"알아듣게 말해야지."

"아버지가 우리보다 장원을 선택했어도 괜찮다는 뜻이야. 우리가 가면 되니까!"

다시 총명해진 준은 밝은 표정으로 이런 말을 전했다. 장원에서 아버지와 이른 아침에 논에 간 적이 있다고 했다. 아버지가 논둑에 서서 손바닥을 바라보기에 다가섰더니, 손에 달라붙은 커다란 풍뎅이를 보는 거였다. 아버지는 까만 풍뎅이를 잠시 내려다보다가 논 바깥쪽이 아닌 한가운데를 향해 날려 보냈다고 한다. 마치 여기서 함께 살자는 식으로.

"그 풍뎅이가 나였으면 좋겠다고 생각했어."

"거기 살고 싶어서?"

"꼭 거기가 아니더라도, 아버지하고 살고 싶어."

"그런데 이번에 아버지한테 뭐라고 하고 올라왔어?"

"딜을 했어."

"뭘로?"

"이번 방학에 여기 있게 해 주면 중학교부터 장원에 살겠다고 했어."

나도 모르게 웃음이 터져 나왔다. 하지만 가볍게 웃고 말 일은 아니었다. 나는 어느 때보다 진지하게 준을 바라보았다. 준은 이곳과 저곳 사이에서 고민했고, 이번 일이 계기가 되어 앞으로 자기가 살 곳을 정했다는 말이었다.

*

나는 고집스럽게 문제집을 파고들었다. 그 여름이 나에게 주어진 마지막 기회라도 되는 것처럼 책상에 달라붙었다. 일정량의 공부를 집요하게 해낸 날이면 나를 둘러싼 갑갑한 선들 중 하나를 끊어 낸 것 같았다. 내 안에서 뭔가 차곡차곡 쌓여 가고 있었다.

꽝 꽝.

가끔 가까운 산에서 펑 소리가 났다. 그럴 때면 문제집에 빼곡한 문장 중 하나를 실처럼 집어 올려 펑 소리가 나는 쪽으로 후, 불었다. 글자들이 파동을 타고 펑을 보러 갈 수 있도록.

매일 아침 준은 눈뜨자마자 1층에 내려갔다. 정오쯤 되면 올라와서 내 눈치를 살피는 척했다.

"누나, 피자하고 만두 좀 데워 줄 수 있지."

그러면 나는 냉동실에서 피자와 만두를 꺼내 오븐에 데워 들려 보냈다. 언제부터인가 준은 집에서 음식을 들고 내려가 1층에서 먹었다.

"나 먹을 건 내가 책임져야지."

말은 그렇게 했지만 신경이 쓰인다는 것이다. 엄마 말마따나 할머니도 안 계시고 냉장고도 없는 1층에서 매끼 음식을 조리해 먹기란 여간 어려운 일이 아닐 것이다. 엄마도 그 점을 마음에 두고 있었는지 온갖 식품을 냉장고에 채워 넣었다. 준은 식품 종류를 더 다양하게 준비하라는 주문까지 했다.

그사이 제대한 지 얼마 안 되었다는 할머니 손자의 이름이 '장희'라는 것을 알았다. 그의 엄마가 제주도에서 식당을 하고 있는데 제대한 후 거기서 잠시 머물렀다. 외가는 제주도에서 오래전부터 농장을 하고 있고, 식당은 그 농장의 일부였다.

"여기 오래 있지는 않을 거래. 할머니 오시면 바로 간대."

그 말을 하면서 준은 시무룩해졌다. 그 마음을 알 것 같아서 더는 묻지 않았다.

정원도 매일 조금씩 정리되어 갔다. 오전이나 저녁에 장희 씨가 정원을 손질했다. 잡초만 뽑아내는 게 아니라 작물들까지 정리했다. 아직 수확할 때가 되지 않거나 더 수확해도 될 작물들까지 전부 정리했다. 정원이 말끔해지고 있었다.

어느 이른 아침, 정원에 꿩 두 마리가 거닐고 있는 것을 보았다. 긴 꽁지깃을 나부끼는 장끼와 수수한 모습의 까투리였다. 집에서 꿩 소리는 자주 들었지만 꿩을 직접 본 건 처음이었다. 흙이 파헤쳐진 땅에서 벌레를 주워 먹으려고 온 것 같았다. 아니라면 원래 정원에 살고 있었는데 무성한 풀숲에 가려 드러나지 않았거나.

꿩들을 방해하지 않으려고 테라스에서 실내로 들어서는데 준이 기다렸다는 듯이 속삭였다.

"나, 쟤들 알아."

"저 꿩들?"

"응. 형이 키우던 꿩들이야."

장희 씨가 초등학생일 때 집 뒤뜰에 꿩이 둥지를 튼 적이 있다고 했다. 그 후로 꿩은 해마다 찾아와 둥지를 쳤다. 매해 둥지를 트는 꿩이 처음에 왔던 그 꿩인지 다른 꿩인지 구별할 수는 없었다. 어느 해에는 새끼 중 한 마리가 다리를 다쳐 약간 절룩거리게 되었다. 걷는 모습도 생긴 모습도 유독 꺼벙해서 곧 죽을 줄 알았는데 꽤 크게 자라나더니 어느 날부터 안 보이더라고 했다. 그런데 이듬해 다리를 절룩거리는 꿩이 뜰에 둥지를 틀었다. 새끼 때 집 주변에서 지내던 꿩이 분명하다고 생각한 장희 씨가 반가워서 말을 걸었다고 한다.

'살아 있었네.'

그랬더니 꿩이 알아들은 것처럼 날개를 푸드덕거리더란다.

"신기한 이야기네."

"더 신기한 이야기도 있어."

"뭔데?"

"그 꿩 새끼 중에 흰색 꿩이 있대."

"꿩이 흰색이래?"

"흰 공작새같이 생겼대."

"그런데 흰 꿩은 왜 안 보여?"

"산에서 안 내려온대. 눈에 띄면 안 되니까 동네로 내려오지 말라고 했대."

꿩이 흰색이면 사람들이 잡으려고 난리 칠 거라서 장희 씨가 내려오지 말라고 일렀다는 것이다. 그랬더니 이후로 꿩이 정말 집 가까이 내려오지 않는다고 했다.

"오늘 흰 꿩 보러 간댔어."

나는 그때서야 준이 무슨 말을 하려는지 알아차렸다.

"산에 가는 건 위험해. 여름 산에는 독사도 있고, 또……."

"형도 같이 가는데 뭐가 위험해. 종려도 자작도 갈 건데 누나도 같이 가!"

그 순간 흰 꿩을 보러 가고 싶은 마음이 불쑥 치솟았다. 하지만 나는 바로 마음을 눌러 앉혔다. 중요한 시기에 하루를 허투루 보내고 나면 다시 책상에 앉기 위해 며칠을 애써야 할지도 몰랐다. 당장 내 앞에 닥친 이루어질 만한 기회를 놓치고 싶지 않았다. 나는 나 자신에게 의지를 보여 주듯 단호하게 거절했다. 준이 의아하게 나를 쳐다보더니 말했다.

"나중에 후회나 하지 마!"

"뭘 후회해!"

"다시는 나 못 볼 수도 있어!"

"그건 무슨 말이야."

"블랙홀을 만날 수도 있어. 그러면 다른 세계로 빨려 들어가서 다시는 못 돌아오는 거라고."

"블랙홀을 아무 데서나 만나는 줄 알아?"

"전에 누나가 말했잖아. 블랙홀은 어디에나 있을 수 있다고."

블랙홀은 우주 공간에만 있는 것이 아니라 우리 주변에도 있을 수 있다는 이야기를 준에게 한 적이 있다. 시공간이나 물체가 질량을 그대로 가진 채 크기가 줄어들면 블랙홀이 될 수 있다. 지구도 질량을 유지하고 반경 1센티미터 크기로 작아지면 블랙홀이 될 수 있다. 소규모 블랙홀들이 우리 주변에서 생겨나고 사라지는데, 크기가 너무 작아 우리한테 영향을 미치지는 못한다.

"사람 정신이나 마음이 얼마나 큰지 알아?"

준이 물었다.

"그건 모르지. 아직은."

"거봐."

이어진 준의 말을 정리해 보면 이랬다. 사람 정신도 물질이 바탕이라 크기가 있을 것이다. 인간이 아직 정신의 크기를 재지 못했다면 그 규모가 어마어마할 텐데, 이 지구상에 살고 있거나 살았던 사람이 얼마나 많겠냐는 것이다. 그 사람들의 정신 중에서 모종의 이유로 흩어지지 않고 압축되어 블랙홀이 된 경우에 그것은 귀신과 비슷한 형태로 보일 것이다. 순의 말은 산에 갔다가 그런 귀신한테 홀려서 빠져나오지 못하게 되면 다시는 자기를 못볼 수도 있다는 말이다.

"그래도 괜찮겠어?"

"뒷산에서 마주칠 정도로 작으면 사람한테 아무 영향도 못 미쳐."

준은 나를 설득하는 데 실패했다고 생각했는지 한숨을 푹 내쉬었다.

"누나 안 간다고 나까지 못 가게 하지는 마."

혼자 산에 갈 준비를 서두르는 준에게 내가 할 수 있는 당부는 이것뿐이었다.

"점심때까지 안 내려오면 큰일 날 줄 알아!"

"좀 늦을 수도 있어. 걱정 말고 공부 열심히 해."

준은 휴대폰이 들어 있는 바람막이 점퍼의 주머니를 톡톡 두드리면서 뛰어나갔다. 나는 주방 창가에 다가서서 뒤꼍을 내다보았다. 장희 씨가 이팝나무 울타리 사이로 먼저 빠져나가 종려와 자작이 건너오도록 틈을 벌려 주었다. 준은 맨 뒤에 서서 아이들이 건너가는 걸 도왔다. 아이들 뒤를 이어 준이 틈새로 몸을 들이밀었다. 준이 빠져나간 틈은 흔적 없이 닫혔다.

서로를 알아본다면

준에게 문자를 보내려다가 더 기다려 보기로 했다. 장희 씨가 있으니 걱정하지 않아도 될 것 같았다. 어릴 때부터 살던 동네이고 할아버지와 등산도 자주 했다니 동네와 산을 훤히 알 것이다. 내가 장원 주변을 구석구석까지 아는 것처럼.

장원에 내려갈 때마다 외할아버지는 여기저기 흩어져 있는 농지며 낙엽송이 자라는 산으로 나와 동생을 데리고 다녔다. 그물을 챙겨 물고기를 잡으러 가던 냇가와 혼자서는 근처에도 가지 말아야 할 저수지와 계곡, 유난히 달콤한 열매가 열리는 머루 넝쿨이 있는 숲, 빛이 들지 않는 축축한 계곡에서 자라는 식물들, 좁고 긴 밭과 그 밭을 두르고 있는 밤나무 군락, 외할아버지의 아버지가 젊은 시절 개간해 오랫동안 담배 농사를 지었다는 땅, 그 인근에 숨어 있는 야생 다래나무, 언젠가 외할아버지와 외할머니 산소가 들어설 산자락, 그 모든 것을 떠올려 볼 때가 있다. 나는 장원에 살지는 않지만 그곳에 대해서는 잘 안다.

하지만 그 모든 장소가 늘 시시각각 변한다는 것도 안다. 장소는 계절과 날씨, 사람의 손길과 발길에 따라 쉽사리 달라진다. 장희 씨가 이곳을 아무리 잘 안다 해도 군대에 가 있는 동안 발길을 끊었으니 많이 달라졌을 것이다. 그 무엇보다 한창 무성한 여름 숲에는 예기치 못한 위험이 가득하다. 결국 휴대폰을 꺼내 들었다.

—벌써 3시다.

문자를 보냈지만 답이 없었다. 다시 문자를 보냈다.

—닝찡 인 오민 잊으티 킨디.

역시 답이 없었다. 통화 버튼을 눌렀다. 받지 않았다. 신호가 잡히지 않는 곳에 있을지도 몰랐지만 무슨 일이 생겼을 수도 있다. 의심이 들자마자 아래층으로 달려갔다.

2층 창에서는 빽빽하게만 보이던 울타리 앞에 서서 살펴보니 엉성한 부분이 있었다. 오전에 동생 일행이 빠져나간 지점이었다. 나뭇가지들을 헤치면서 울타리 밖으로 나섰다. 무성한 덤불과 나무들이 드세게 자신의 공간을 확장해 가는 여름 산이었다. 식물들로 빽빽하게 들어차 있는 숲을 보자 불쑥 겁이 났다. 혼자 산에 들어가는 건 처음이었다. 하지만 걱정이 두려움을 밀어냈다.

길을 찾아보았다. 산으로 들어갔다면 사람이 지나간 흔적이 남았을 것이다. 그 흔적을 따라가면 된다. 흔적은 두 갈래였다. 한

갈래는 울타리 바로 앞을 지나가는 무릎 정도 깊이의 수로를 따라 있었다. 산에서 흘러내리는 빗물이 동네 하수관으로 빠져나가도록 시멘트로 조성한 수로 옆에 사람이 지나다닌 흔적이 있었다. 수로는 산에 접한 주택들 뒤로 이어져 있었다.

또 다른 길은 산속으로 곧장 이어져 있었다. 풀들이 밟히고 나뭇가지가 꺾인 희미한 길이었다. 두 길 중 어느 쪽으로 갔을지 잠시 살피다가 산으로 이어진 길로 한 발 들여놓았다. 꿩을 보러 간다고 했으니 산 쪽으로 갔을 것이다.

아이들이 따라오기 편하도록 장희 씨가 나뭇가지를 치우고 땅을 다지면서 앞서갔을 것이다. 산등성이를 돌아 조금씩 위로 오르는 길이었다. 한참을 따라 오르면서 생각해 보니 오늘 처음으로 사람이 밟은 길은 아닌 것 같았다. 어쩌면 생각보다 오래된 길인지도 몰랐다.

길을 따라 오르다 꼭대기에 다다랐다. 꼭대기는 동네를 둘러싼 낮은 산 능선으로 이어져 있었다. 오른쪽 끝에 몇 가지 운동 기구와 의자가 놓여 있는 쉼터가 보였다. 쉼터는 동네로 내려가는 길로 연결되는 것 같았다.

꿩을 보러 갔다면 동네에서 가까운 쉼터 쪽은 아닐 것이다. 나는 왼쪽 길로 걸어 들어갔다. 더위 때문인지 다른 사람은 보이지 않았다. 물을 가져왔으면 좋았겠다고 생각하며 나무 그늘이 깊은 경사 길을 따라 내려갔다. 아이들이 걷기에는 경사가 급하고 험한 내리막길이었다. 하지만 계단이 설치되어 있고 두꺼운 밧줄이 길 양쪽에 묶여 있었다. 내려가면서 다른 샛길이 있나 보았지만 사람이 드나들 만한 다른 통로는 없었다.

내리막을 다 내려오자 다시 오르막이었다. 갑자기 겁이 덜컥 났다. 혼자 산에서 길을 잃을지도 몰랐다. 등산로만 벗어나지 않으면 길을 잃지는 않을 거라고 스스로 다독였다.

이제부터는 계단이 없는 길이었다. 크고 작은 바위와 군데군데 보이는 돌길 양쪽에 밧줄이 이어져 있었다. 사람들 손때로 얼룩진 밧줄을 보니 무서움이 조금 가라앉는 것 같았다.

넝.

어디선가 소리가 났다. 문득 지금 내가 있는 곳이 장원의 뒷산이라는 생각이 스쳤다. 두 장소가 구별되지 않았다. 잠시 동안 나는 내가 서 있는 곳이 정확하게 어디인지 알 수 없었다.

"준아."

"이다준!"

나는 동생의 이름을 외쳤다. 내가 부르는 소리가 다시 되돌아오는 듯했다. 밧줄을 잡고 정신없이 길을 올랐다. 흙이 쏟아져 내리는 구간에 나무뿌리들이 온통 드러나 있었다. 고정해 둔 쇠고랑이 뽑혀 느슨하게 흔들리는 밧줄을 잡는 대신 나무뿌리를 계단 삼아 조심조심 딛고 올라갔다.

마침내 또 다른 봉우리의 꼭대기에 다다랐다. 쩽한 더위가 꿈

틀거리는 정상이었지만, 막상 나는 더위를 느끼지 못했다. 정상에 기상 관측 장비와 긴 의자가 있었다. 의자는 소나무 그늘 아래 있고, 그 밑에는 고양이 두 마리가 앉아 있었다. 고양이 근처에 빈 캔과 물이 채워진 플라스틱 용기가 보였다. 이 모든 것이 나의 현실과는 다른 세계, 다른 장소, 다른 시간인 것만 같았다.

나는 의자를 향해 천천히 걸어갔다. 중력이 약한 곳인 듯 허공을 걷는 느낌이었다. 그런 나를 고양이 둘이 가만히 지켜보고 있었다.

'산 위에 고양이라니.'

의자 아래 있는 고양이는 사람을 기다리는지도 몰랐다. 누군가 매일 사료를 줄 수도 있고, 지나가는 등산객이 먹이를 줄지도 몰랐다. 고양이는 나를 전혀 피하지 않았다. 사람에게 익숙한 고양이인 게 틀림없었다.

기우뚱한 풍경 때문에 어지러워 소나무 그늘 아래로 들어섰다. 그제서야 더위가 느껴졌다. 목이 말랐다. 시간을 확인하고 싶어서 휴대폰을 꺼냈다. 오후 다섯 시였다. 집 뒤꼍 울타리를 방금 전에 빠져나온 것 같은데 어느 사이 두 시간이 지나 있었다.

집으로 돌아가야 했다. 그 전에 동생과 1층 가족을 찾아야 했다. 자리에서 일어나 능선이 이어진 쪽에 대고 외쳤다.

"이, 다, 준!"

내 목소리가 다시 돌아왔다. 다시 외치고 또다시 외쳤다. 이 산

어딘가에 있다면 내가 부르는 소리를 들을 것이다.

"누나!"

준의 목소리였다. 환청은 아닌 것 같았다. 동생이 분명했다. 하지만 어디서 들려오는 소리인지 분간할 수 없었다. 귀를 기울였다.

"누나!"

아래쪽 어딘가에서 올라오는 소리 같았다.

"누나 여기서 뭐 해!"

능선 길 끝에서 준과 장희 씨, 종려와 자작이 나타났다. 나는 의자 끄트머리에 다시 앉았다. 서 있고 싶었지만 저절로 다리에 힘이 풀렸다. 샛노란 세상이 빙글 도는 것만 같았다.

장희 씨가 배낭을 내리고 서둘러 이온음료 병을 꺼내 뚜껑을 열어 내 손에 쥐여 주었다. 내가 가만히 들고 있자 내 팔을 들어 올렸다.

이온음료를 마시고 잠시 앉아 있는 사이 세상의 색깔이 약간 돌아왔다. 기우뚱해진 풍경도 제자리를 잡았다. 현기증이 가라앉자 사위가 서서히 희고 푸른색으로 물들었다.

"집에서 기다리고 있지, 왜 여기까지 올라왔어."

준의 구박이 귀에 들어왔다.

"문자 왜 안 봐."

나는 세상에 나와 처음으로 입을 여는 아이처럼 천천히 말했다. 준은 그때야 휴대폰을 꺼내 확인했다. 그러고는 도리어 나를 향해 문자를 못 볼 수도 있지 그렇다고 준비도 없이 여기까지 올라오면 어떡하냐고, 만약 여기서 서로 만나지 못했으면 산에서 혼자 길을 잃었을 수도 있다고, 이 산이 겉보기와 다르게 얼마나 복잡하고 위험한지 아냐고 잔소리를 늘어놓았다.

"자, 이제 돌아가자."

장희 씨가 배낭을 둘러메고 종려를 안아 올렸다. 돌아오는 길은 수월했다. 장희 씨가 앞서고 내가 맨 뒤에서 아이들을 살피며 걸었다. 그런데 도리어 준은 물론이고 자작과 종려까지 연거푸 뒤돌아보면서 나를 염려했다.

"누나, 조심해."

"누나, 괜찮아?"

집에 돌아와서도 한참 동안 어지러운 기운이 남아 있었다. 처음 먹어 본 더위였다.

*

"흰 꿩은 봤어?"

준에게 물었다. 준은 나를 빤히 쳐다보더니 들고 있던 포크를 접시에 걸쳐 놓고 이렇게 말했다.

"누나는 그 말을 정말 믿어?"

내가 고개를 끄덕였다. 그러자 준이 계속 나를 보면서 말했다.

"반은 맞고, 반은 틀린 말이야."

준은 그날의 일을 어떻게 설명할까 고심하는 눈치였다. 잠시 골똘하게 있던 준이 이렇게 물었다.

"울타리 나가면 두 갈래 길 있는 거 누나도 봤지?"

"봤지."

"어느 길로 올라왔어, 누나는?"

"산길로."

"산에 갈 때는 그 길이 맞아."

준과 1층 식구들 역시 내가 올랐던 길로 간 건 맞다. 쉼터가 보이는 꼭대기에서 능선으로 이어지는 등산로를 따라간 것까지도 같았다. 그런데 동네 뒷산을 넘어 또 다른 산으로 오르는 등산로부터 길이 달랐다. 동생 일행은 그 등산로가 아니라 계곡을 따라갔다고 했다. 구간에 따라 물이 졸졸 흐르기도 하지만 대부분은 축축한 정도인 계곡을 따라가다가 다른 산으로 들어섰다고 한다. 입구가 억센 가시덤불로 뒤덮인 길이었는데 장희 씨가 아래쪽 가지 몇 개를 치우자 어른이 허리를 구부리면 들어갈 수 있을 만한 통로가 생겼다.

그 안쪽에는 나무가 유난히 빽빽한 숲이 있다고 했다. 사방을 둘러친 덤불과 나무 그늘에 가려진 숲을 조금 지나 장희 씨가 배낭을 내렸다. 거기는 들어가서는 안 되는 구역인 것 같더라고 했다.

"그런데 거기에 밭이 있었어."

"산속에 밭이 있어?"

내가 묻자 준이 답했다.

"우리 시골에 있는 그런 밭이 아니야. 그냥 산속 땅이야. 그런데 누가 뭘 키우면 그게 밭이겠지?"

"뭘 키우는데?"

"그냥, 식물."

"자세히 말해야지."

"잘 모르겠어. 아무튼 제대로 된 밭은 아닌데 형이 거기에다 뭘 키운대."

내가 더 이상 묻지 않자 준이 고개를 갸웃하면서 말했다.

"다른 곳 하고 좀 다른 것 같기도 하고…… 비슷한 것 같기도 했어."

나무들이 빽빽하게 들어찬 산이래도 식물들의 기세가 좀 누그러지는 곳이 있는데 그런 장소였던 모양이라고 생각했다. 어쩌면 장희 씨가 혼자 알던 장소에 아이들을 데려간 건지도 몰랐다. 아무튼 그곳에서 준비해 간 도시락을 꺼내 먹었다고 했다. 그러는 동안에도 장희 씨는 계속 주변을 살피면서 뭔가를 찾는 것 같더란다. 낮게 쭈쭈쭈 부르는 소리를 계속 내면서. 그러다가 마침내 장희 씨가 소리를 멈추고 아래쪽을 내려다보았다.

"큰 꿩들하고 새끼 꿩이 있었어. 함께 모여 우리 가까이 지나가는데, 우리를 피하지도 않았어."

"흰 꿩은 없고?"

꿩 무리가 동생 앞을 천천히 지나가 시야에서 사라질 때까지 숨죽이고 지켜봤지만 아무리 살펴봐도 흰 꿩은 없더라고 했다.

"그런데 흰 꿩을 본 것 같은 기분이 들어."

"그게 무슨 말이야?"

"뭔가 이상했어."

"왜."

"그 순간이 진짜 같지가 않아."

준의 말은 꿩 무리가 바로 앞을 지나가고 있는 순간이 다른 세상 속 같았다는 것이다. 다른 세상의 한 장면이 실수로 노출된 듯한 기분이 들었다고 한다. 팔을 뻗어도 닿지 않는 꿩들, 생생하지만 현실은 아닌 그런 순간들. 그리고 어쩌면 꿩들도 우리를 그렇게 생각할지 모른다고 했다. 준이 꿈을 꾸듯 중얼거렸다.

"우리는 지금 프로그램 속에 있는 걸지도 몰라."

내가 걱정스럽게 바라보자 준은 내 반응이 당연하다는 듯이 중얼거렸다.

"그런데 프로그램이 한 개가 아닐 거잖아."

"그래서?"

"이 프로그램 속에서 다른 프로그램을 본 것 같단 말이야."

"보기 드문 장면을 지나치게 가까이서 본 탓이야."

말은 그렇게 했지만 나도 의심했다. 뭔지는 모르지만 이 집에 들어온 후 현실 같지 않은 순간이 종종 있었다. 마치 컴퓨터 프로그램 속에 들어와 있는 것 같은 착각이 드는 찰나들. 언젠가 어디선가 한 번 겪었거나 봤던 것 같은 순간들. 혹은 한 번도 상상해 보지 못한 일들. 하지만 분명 우리 곁에서, 우리에게서 일어난 일들.

"누나."

"왜."

"만약에 말이야. 우리가 프로그램 속에 산다면 우리는 아무것도 아닌 거야?"

"아무것도 아니라니?"

"전에 그랬잖아. 우리가 사는 이 모든 세상이 컴퓨터 속 프로그램이라고 생각하는 사람들도 있다고."

"있기야 있지. 그런데 그건 확인되지 않은 생각이야."

"만약에, 그 생각이 맞다면 우리는 아무것도 아닌 거지?"

준은 우리가 사는 세계가 누군가 만든 프로그램의 일부라면 우리는 대체 뭐냐고 묻고 있었다. 그 문제에 대해서는 나도 할 말이 없었다. 하지만 의문을 풀어 보려고 골똘해지다 못해 울 것 같은 표정으로 나를 바라보는 준을 안심시켜야 한다는 건 알았다. 부족한 과학 이론을 들먹여 봐야 당장의 위태로운 기분을 누그러뜨리지는 못할 것이다. 나는 식탁 위로 팔을 길게 내밀었다.

"손 줘 봐."

그 말을 기다렸다는 듯이 준이 손을 내밀었다. 나는 준의 손을

96

잡았다. 종일 더위 속에 쏘다니고, 어쩌면 더위를 먹은 상태에서 꿩 무리를 봐서 환상처럼 느껴진 건지도 몰랐다. 그래서 흰 꿩을 봤다는 착각까지 한 걸 수도 있었다.

"손에 열이 있네."

"감기는 아니야."

"그러면, 너도 더위 먹었나 보네."

내가 준의 손을 꽉 쥐면서 말했다. 그러자 준이 아프다면서 손을 뺐다.

"거봐. 여기 이렇게 살아 있잖아. 프로그램이라면 이런 아픔을 느끼겠어?"

준이 잠시 숨죽이고 있다가 물었다.

"장희 형도 종려도 자작도 진짜지?"

나는 고개를 끄덕였다. 준의 버릇을 흉내 내 크게, 한 번 더 끄덕였다.

"형은 지금 뭐 할까? 힘들었을 텐데. 종려하고 자작을 번갈아 안고 다녔거든."

"걱정돼?"

"응. 그런데 장희 형 말이야. 이 동네를 정말 좋아해."

"그래?"

"형이 어릴 때부터 만들어 온 이 동네 지도도 있대. 그런데 이제는 지도 없이도, 깜깜한 밤에도 산속이 훤하대. 전에 할아버지 살아 계실 땐 새벽에도 밤에도 산속으로 같이 다녔대."

"우리도 장원 가면 그러잖아. 외할아버지가 우리 데리고 깊은 산속까지 가잖아."

"누나도 장원을 속속들이 안다는 말이지?"

'속속들이'라는 말에 자신이 없어서 대답하지 않자 준이 알아서 답했다.

"그럼 누나도 장원을 좋아한다는 거야. 나랑 같이 내려가는 게 좋겠어."

"나 설득하는 것도 딜에 속한 거야?"

"그건 아냐. 누나랑 헤어져 사는 게 싫어서 그렇지."

"니도 너와 헤어저 사는 건 싫시."

"그리고 또 나는, 장희 형이랑 자작, 종려하고도 헤어지기 싫어. 다 같이 영원히 함께 사는 방법이 있으면 좋겠어."

준이 그날 하루 동안 1층 사람들과 얼마나 정이 들었을지 생각해 보았다. 서로 의지하고 같은 길을 가면서 위험을 감수한 시간 동안 서로 깊게 정이 들었을 것이다. 그리고 그날의 일을 평생 마음에 담아 둘 것이다. 우리가 컴퓨터 속 프로그램에 불과하다면 그런 일을 할 수 있을까? 만일 그런 것까지 프로그램되어 있다면 우리는 프로그램 자체라는 말이다. 하지만 나도 확신할 수 없는 생각이라 준에게 말하지는 않았다.

*

엄마가 올 때까지 주방에서 문제집을 풀 생각이었다. 밤이 깊어 가고 있었다. 가까운 곳에서 새가 울기 시작했다. 소쩍새 소리였다. 낮의 새들이 잠들면 밤의 새들이 깨어난다. 부엉이, 올빼미, 소쩍새, 솔부엉이의 시간이 온 것이다.

불을 끄고 창 쪽으로 바싹 다가섰다. 새들과 같은 어둠 속에 있으면 서로를 볼 수 있을지 몰랐다. 어둠에 익숙해지면 밤의 모습이 보인다. 문득 소쩍새 울음소리가 멈추고 울타리 주변에서 뭔가 부스럭거렸다. 고라니인가. 시냥을 나온 부엉이나 족제비인지도 몰랐다. 나는 온 정신을 집중해 울타리 건너편을 내다보았다.

"뭐 해."

준이 까치발을 들고 소리 없이 다가와 곁에 섰다. 내가 쉿, 하고 숨죽이자 준은 이미 그렇게 하고 있다면서 고개를 끄덕였다.

"할머니일 수도 있어."

준이 속삭이면서 조용히 하라는 표시로 입에 손가락을 가져다 댔다.

부스럭거리는 소리가 점차 집에 가까워지더니 울타리 한 부분에서 누군가 불쑥 나타났다. 정말 할머니였다. 어둠 속에서도 1층 할머니라는 걸 알아보았다. 검은 배낭을 멘 할머니가 울타리에서 나와 뒤꼍을 가로질렀다. 동생과 나는 꼼짝도 하지 않고 어두운 뒤꼍을 응시했다. 1층 뒷문이 열렸다 닫히는 소리가 나고도 한참이나 더 어두운 뒤꼍을 바라보았다.

준이 나를 방으로 이끌었다. 문을 닫고 준이 물었다.

"울타리 밖에 수로 있는 거 봤지?"

그렇다고 하자 준은 목소리를 낮췄다.

"그 수로가 비밀의 길이야."

준은 혼자만 알고 있던 일을 꺼내 놓았다. 그때서야 알게 된 건 준이 이 집 구석구석뿐 아니라 집 주변까지도 꼼꼼히 알고 있다는 점이었다. 그동안 엄마와 내가 걱정할까 봐 숨기고 있었지만 집 주변과 동네를 탐험하고 다녔다고 한다.

"내가 지난번에 할머니가 집 안에서 사라신 것 같다고 했었잖아."

나는 얼마 전 준의 말을 떠올리며 고개를 끄덕였다.

"근데 사람이 그냥 사라지는 건 아무래도 이상하잖아."

준은 그때부터 집 주변은 물론 집으로 드나들 수 있는 통로들을 조사했다고 한다. 그리고 수로 옆길이 동네 쉼터에서 집 뒤로 내려가기 쉬운 길이라는 것을 알았다. 실제로 준은 혼자서 그 길을 통해 집으로 내려와 본 적도 있었다. 할머니가 그 길로 다니는 건 자작과 종려를 통해 확인했다고 한다. 준 혼자 수로 길로 내려와 울타리로 나오는 걸 본 자작과 종려가 그 길은 할머니가 다니는 길이라고 말해 줬다는 것이다. 할머니와 두 아이가 사람들 눈에 띄지 않고 집에 드나들 수 있었던 건 수로 길로 다니기 때문이라고 했다.

"할머니는 그 길로만 다녀. 그래서 사라진 것처럼 보였던 거라고."

준은 그동안 수로 길에 대해 털어놓고 싶었지만 꾹 참았다고 했다. 준이 참은 이유를 알 것 같았다. 그 길에 대해 엄마한테 말하면 당장 금지령이 떨어질 것이다. 그렇다고 해서 그 길로 다니지 않을 건 아니지만, 아무래도 눈치를 봐야 한다.

그때 멀리서 대문 여닫는 소리가 났다. 엄마가 온 모양이었다. 우리는 누가 먼저랄 것도 없이 방에서 나가, 나는 거실 등부터 밝히고 준은 거실 창틀을 뛰어넘어 아래층으로 달려갔다. 나는 천천히 준의 뒤를 따라 내려갔다.

엄마가 장바구니를 끌고 중문 안으로 들어섰다. 준이 장바구니를 건네받아 끌면서 속삭였다.

"할머니 오신 것 같아요."

엄마는 철 계단을 향해 걸어가면서 줄곧 1층 쪽을 바라보았다. 불을 밝히지 않은 1층은 어두웠다. 엄마는 말없이 계단을 올라 집 안으로 들어와서야 우리에게 물었다.

"언제 오셨어?"

엄마가 장바구니에서 물건들을 꺼내며 묻자 준이 기다렸다는 듯이 직전에 있었던 일을 늘어놓았다. 동생 말을 가만히 듣고 있던 엄마가 이번 주는 시골에 가지 않고 집에서 쉬기로 했다고 알렸다. 준과 나는 순간 움찔했다. 엄마가 쉰다는 말은 몸이 아프다는 말이다. 나는 엄마 장바구니 속에 쌍화탕이 있는지부터 살폈다. 쌍화탕은 보이지 않았다. 쌍화탕에 의지할 정도로 아픈 건 아니라는 뜻이었다. 엄마가 식탁 위에 늘어놓은 재료들을 턱으로 가리키면서 말했다.

"정리할 것도 있고. 우리도 모처럼 맛있는 것도 해 먹고 그러자!"

"오 예!"

준의 얼굴에 철부지 같은 표정이 떠올랐다. 어떤 조심성도 없이 환하게 기쁨을 드러내는 표정. 아마 내 표정도 그랬을 것이다. 그러고 보니 그동안 우리는 너무 기가 죽어 있었던 것 같다. 아버지가 장원으로 내려간 후 엄마는 기본적인 집안일만 겨우 챙기고 있었다. 아무 이유 없이도 특별 요리를 해 준다거나, 함께 쇼핑을 하거나 영화를 보러 가는 일들은 언제부터인가 사라졌다. 예전에는 엄마와 함께하는 작은 기쁨들을 기대하곤 했는데, 점차 기대를 접게 되었다. 그런데 엄마가 맛있는 요리를 해 먹자고 했을 때 마치 예전으로 돌아간 것만 같았다.

우리는 내일 냉동식품이나 간편식이 아니라, 금방 버무린 겉절이김치와 새우튀김, 갈비찜, 목이버섯이 듬뿍 들어간 엄마만의 잡채를 먹을 수 있다. 엄마가 집에서 그런 요리를 하는 건 오랜만이었다. 나는 엄마의 새우튀김을 기대했다. 엄마가 만든 새우튀김은 짭쪼름하고 고소하다. 금방 튀겨 파삭할 때보다 한 김 식어서 약간 쫄깃해진 새우튀김이 나는 좋다.

그날 밤 소쩍새 울음소리는 오래 이어졌다. 일정한 간격으로 짧은 리듬을 타는 소쩍새 소리를 계속 듣고 있으면 우주 저 먼 곳에서 오는 신호 같다는 생각이 든다. 더 곰곰이 듣다 보면 멀지 않은 곳에서 오는 신호 같기도 하다. 소쩍새 소리가 먼 곳에서 날아오는 아버지의 신호처럼 여겨지는 밤이었다.

*

누군가 주고받는 대화가 이어지고 있었다. 나는 반쯤 잠에서 깨어나 말소리가 어디서 나는지 가늠했다. 뒤꼍에서 엄마와 1층 할머니가 나누는 말소리라는 것을 알아챈 순간 나는 벌떡 일어나 창가로 다가섰다.

뒤꼍 가마솥 앞에 두 사람이 있었다. 내가 내려다보는 사이 1층 뒷문이 열리면서 준과 종려와 자작이 쏟아지듯 밖으로 나왔고 그들은 모서리를 돌아 그네가 있는 쪽으로 달렸다. 간이 창고 앞에는 장희 씨가 장작을 정리하는 중이었다. 내가 자고 있는 사이에 이 집의 모든 사람이 아래층에 모여 뭔가를 하고 있었다.

"엄마!"

나도 모르게 큰 소리로 불렀다. 엄마가 나를 올려다보면서 말했다.

"푹 자. 더위 먹었을 땐 푹 쉬는 게 최고야."

준이 어제 낮에 있었던 일을 벌써 다 알린 모양이었다.

"더위 안 먹었어요!"

외치면서 나는 욕실로 뛰었다. 씻은 후 옷을 갈아입고 서둘러 1층에 내려갔다. 나 혼자만 2층에 있었던 시간이 억울했다. 앞뒤 생각 않고 뛰어 내려가기는 했지만 막상 어느 쪽으로 갈지 선택해야 했다. 준과 자작과 종려 쪽에 있을지, 엄마와 할머니와 장희 씨쪽에 있을지 삼삼 망설이다가 어른늘 쪽에 있기로 했다. 그쪽이 내가 있을 자리 같았다.

작은 가마솥 안에는 밥이, 큰 가마솥 안에는 육개장이 끓고 있었다. 할머니는 장작불을 조절하고 엄마는 육개장 간을 봤다. 할머니가 작은 가마솥 쪽에서 한창 타오르는 장작들을 빼내 큰 가마솥 쪽으로 옮기는 걸 보니 밥은 뜸 들이고 국은 좀 더 끓이려는 것 같았다. 나는 할머니가 쓰던 작대기를 들고 작은 가마솥 아래 불을 다독거렸다. 장원에 내려가면 외할머니가 가마솥 밥을 해 주는데, 그때 봐 둔 불 조절법을 따라 했다.

막상 식사는 따로 했다. 할머니가 덜어 준 육개장과 밥을 엄마와 나눠 들고 2층으로 오면서 준도 불렀다.

"내일 1층 식구들 전부 간다는데 정말이야?"

준이 들어오자마자 물었다. 엄마가 별말이 없자 준이 재촉했다.

"종려가 오늘이 이 집에서 보내는 마지막 날이라고 했다니까?"

"난 그런 말 못 들었는데?"

"그럼 종려가 나한테 그런 말을 왜 해요?"

준이 계속 채근하자 엄마가 꺼내 놓은 답은 이랬다.

"오늘 하루 할머니와 장희 씨만 볼일이 있어 외출한대. 그래서 우리가 종려와 자작을 보살펴야 하는데, 괜찮지?"

준이 다시 물었다.

"둘이서만 어딜 가는데요?"

엄마는 잠시 생각하는 듯하더니 되물었다.

"어제 산속까지 갔다 왔다면서, 별다른 일 없었고?"

준이 선뜻 답하지 않고 식탁 의자에 앉았다. 엄마가 무슨 의미로 산에 갔던 일을 묻는지 생각하는 눈치였다. 그리고 어떻게 답해야 허락 없이 먼 산속까지 다녀온 일을 무사히 넘길 수 있을지도 생각하는 모양이었다.

"그냥 동네 뒷산이더라고요."

"그냥 뒷산은 아닐 텐데. 저 산이 서울에서 가장 높고 험한 산인데. 산맥도 굽이굽이 이어져 있고, 옛날엔 호랑이도 살았다는데. 금지 구역인 깊은 숲도 있고."

"시대가 달라요. 지금은 그냥 동네 뒷산 다 됐어요. 쉼터도 있는

데요, 뭘."

준은 어른처럼 답하고는 밥이나 먹자는 투로 수저를 집어 들었다. 그러곤 엄마를 보면서 다시는 허락 없이 산에 가지 않겠다고 다짐했다. 엄마가 더 이상 산 이야기를 꺼내지 않자 준은 잘 마무리했다는 식으로 나를 보았다. 묵묵히 밥을 먹다가 준이 물었다.

"금지 구역에 들어가면 어떻게 돼요?"

그러곤 곧바로 고쳐 물었다.

"특별한 것도 없던데 왜 금지 구역이 된 거예요?"

다시 말해 준은 어제 금지 구역인 줄 알면서 들어갔고, 숨기려다가 이제야 털어놓은 것이다.

이어진 고백은 이랬다. 정해진 등산로를 따라갈 때까지는 아무 문제도 없었다. 그런데 계곡 길에 접어든 순간부터 길을 잃은 것 같더라고 했다. 되돌아오지 못할 것만 같아서 주변을 살피며 장희 씨 뒤를 바싹 따랐다고 했다. 그때부터는 시간도 공간도 제대로 감지할 수 없었고 오직 일행을 잃어버리지 않을 생각만 했다고 한다.

계곡에서 다시 산으로 올라가는 길에 접어들었는데 등산로는 아니었다. 하지만 장희 씨는 익숙하게 올라갔다. 그러다 보니 철조망 앞에 섰단다. 나한테 말할 때는 장희 씨가 가시덤불을 걷어 올리고 길을 잡았다고 한 바로 그곳이었다. 실은 가시덤불이 아니라 철조망이었다. 장희 씨는 철조망 두 줄을 걷고 준과 아이들

106

을 안으로 들여보낸 후 다시 철조망을 제자리에 걸쳐 놓더라고
했다.

"철조망으로 막아 뒀으면 금지 구역이라는 뜻이지?"

내가 고개를 끄덕이자 준은 약간 겁을 먹은 듯이 어깨를 으쓱
했다.

"별다른 건 없었어. 그런데 약간 다른 세계 같긴 했어."

준은 얼빠진 듯 속삭였다. 너무 시끄럽게 울어 대는 매미 소리
때문인지, 거대한 송전탑 아래를 지나면서 들은 '징징' 소리 때문
인지는 모르겠지만 귀가 멍하고 바로 눈앞에 보이는 사물이 손에
잡히지 않더라는 것이나. 마치 세계에 들이온 것 같았다고 했다.

"다 왔다."

마침내 장희 씨가 멈추어 서서 돗자리를 펼치자마자 일행은 일
시에 드러누웠다고 한다. 넷 모두 완전히 지쳐서 꼼짝도 할 수 없
었다. 높은 나무의 무성한 가지와 잎들이 드리워진 그늘 아래 누
워서 창공을 올려다보았다. 나뭇잎 틈새로 보이는 하늘 저 위에
독수리인지 수리매인지 모를 맹금류 한 마리가 맴돌고 있었다.
준은 갑자기 잠이 쏟아지는 걸 참았다고 했다.

장희 씨가 먼저 일어나 도시락을 꺼내 놓았다. 자작과 종려를
일으켜 도시락을 먹고 이온음료도 마시고 나자 진짜 세계로 돌아
온 것 같더라고 했다. 그러고 나서 장희 씨가 한참 쭈쭈쭈 소리를
냈다. 그리고 곧이어 꿩 무리가 나타났다고 했다. 무리가 바로 눈

앞에서 천천히 지나갔다. 그런데 그게 진짜 같기도 하고 영화 속의 한 장면 같기도 했다는 것이다.

"블랙홀 가까이 갔던 것 같아."

꿩은 블랙홀 안에 있고, 동생 일행은 블랙홀 밖에 있어서 서로를 보기는 했지만 아무런 영향을 줄 수는 없었던 것 같다고 했다. 블랙홀의 안과 밖은 정보가 교차해 흐르지 않기 때문에 서로한테 영향을 미칠 수 없다. 꿩들은 사람이 아무리 가까이 있어도 해를 끼치지 못할 거라는 사실을 이미 알고 있어서 그렇게 태연했을지도 모른다고 준이 중얼거렸다. 하지만 꿩 무리와 동생 일행은 분명히 서로를 보았다고 했다.

"꿩들도 우리를 구경하는 것 같았어."

엄마와 나는 준의 다음 말을 기다렸다. 준이 물었다.

"그런데 말이야, 서로 봤다는 건 중요한 일 맞지?"

그 순간 나는 동생이 이전과 달라졌다고 생각했다. 엄마도 그렇게 느끼는 것 같았다. 그래서 준의 말을 끊거나 단순하게 답하지 않으려고 조심하는 기색이었다. 준이 말을 이었다.

"거기서 형이 울었어."

"울어?"

"소리 내서 운 게 아니고. 다른 사람 모르게 우는 거 있잖아. 속으로 우는 거."

"그걸 어떻게 알았어?"

준은 잠깐 뜸을 들이더니 그냥 알게 되었다고 했다. 처음엔 어릴 때부터 키우던 꿩을 만나 반가워서 그런가 싶었는데, 꿩들이 모두 지나가고 나서도 장희 씨는 계속 울었다. 준은 장희 씨 곁으로 다가서서 손을 잡았다. 준이 잡은 손을 장희 씨가 마주 잡았다. 그런데 장희 씨와 손을 꼭 쥔 순간 준은 자기도 모르게 울음이 터져 나왔다고 했다. 울 기분도 아니고, 울 만한 이유가 있는 것도 아닌데 울음이 나서 결국 어깨를 들썩이며 흐느끼기까지 했다.

나는 어렴풋이나마 준의 심정을 이해했다. 아무렇지 않은 척하고 있었지만 예전과 달라진 환경에 겁을 먹었을 것이다. 한 번도 상상해 보지 못한 결정을 아버지 혼자서 하고 결행해 버렸다. 우리는 엄마와 아버지 사이에서 눈치를 보면서 숨죽였다. 갑자기 닥친 상황을 받아들이려면 시간이 필요했다. 두려운 마음을 다잡을 시간. 하지만 마음을 겉으로 드러내기란 쉽지 않았다. 숨기고 있던 두려움이 어제 그 산속에서 터져 나온 것이라고 나는 생각했다.

준이 울음을 그치지 않자 종려와 자작도 따라서 울고 달래던 장희 씨도 울음을 터뜨리게 되었다. 결국에는 넷이 서로를 끌어안고 주저앉아서 울었다고 했다.

준은 남의 이야기를 하듯 말하고 나서 약간 멍해진 표정으로 엄마와 나를 번갈아 보았다. 엄마가 나직하게 중얼거렸다.

"우리 아들이 제대로 속을 텄네."

준이 여전히 멍한 얼굴로 천천히 말했다.

"나는, 평생 동안 형하고 자작하고 종려를 사랑할 거야."

준한테서 흘러나온 말이 창을 통해 고요한 시공간 속으로 날아들어갔다.

시간의 메아리

요리 새료를 손질하면서 엄마는 어떤 명한 표정으로 창밖을 내다보았다. 우거진 여름 숲에서 새라도 날아오기를 기다리는 사람처럼.

"할머니하고 장희 씨 어디 간 거래요?"

엄마가 몸을 내 쪽으로 기울이며 작은 소리로 답했다.

"산삼 캐러?"

"산삼을 어디서 캐요?"

"저— 어기."

창밖 뒷산 쪽을 가리켰다.

"뒷산에 산삼이 있어요?"

여전히 당근이며 대파며, 갖은 채소들을 손질하면서 엄마가 대답했다.

"하긴, 내가 생각해도 이상하긴 해. 이 집에선 모든 게 이상해."

엄마도 뭔가 이상하다 느끼고 있었다는 게 어쩐지 안심이 되었다. 엄마가 이 집에서 일어난 일이나 동생이 겪은 일들을 전부 그럴 만한 일이라고 여겼다면 더 이상했을지도 모른다.

"동네 뒷산에 그런 게 있다니 신기하네요."

내가 중얼거리자 엄마가 나를 유심히 바라보았다. 그러고는 아득한 표정으로 다시 뒷산 쪽을 보면서 이렇게 말했다.

"할머니 이야기가 정말이라면, 그건…… 시간이 준 선물이라고 봐야지."

"그게 무슨 말이에요?"

엄마는 손질이 끝난 채소 바구니를 식탁으로 옮겨 놓고 냉장고에서 양념에 재어 둔 갈비를 꺼내 뒤적이면서 이야기를 이었다.

아래층 할머니한테 들은 바에 의하면 뒷산 어딘가에 할머니 가족만 아는 장소가 있고, 그곳에 산삼이 자라고 있다는 것이다. 그 산삼은 수십 년 전 할머니 남편이 아무도 모르게 심어 둔 것이라고 했다.

할머니 남편은 골동품 상점을 운영했는데 오랜 단골이 많았다. 단골이다가 친구가 된 사람 중에 전설적인 심마니가 있었다. 그 심마니는 강원도와 경상도 경계의 어느 깊은 산에서 산삼 군락을 발견했는데, 워낙 드문 일이라 '전설'이 되었다고 한다.

하지만 심마니는 자랑스러워하지 않았다고 한다. 그 장소에는 이제 산삼이 없을 거라고 심마니는 말했다. 자신이 지나치게 샅샅이 캐 와서 씨가 말랐다고 했다. 해마다 그 장소를 살펴보지만 산삼이 자라는 것을 본 적이 없다고 했다. 그는 지나치게 잇속을 차리느라 산과 산삼이 가져야 할 마땅한 미래를 없애 버렸다고 자책했다. 심마니는 자신이 한 일을 후회했다.

그 심마니가 할머니 남편한테 산삼 씨앗 한 줌을 선물한 적이 있다. 이 집으로 이사 올 무렵이었다. 할머니 남편은 산삼을 찾으러 다녀 본 적도 키워 본 적도 없었고, 산삼의 효능이나 생김새에 대해 큰 관심을 가져 본 적도 없었다. 그래서 심마니가 준 씨앗이 산삼이긴 한지긴 개의치 않았다. 오랜 친구가 준 선물이라는 게 중요했다. 심마니는 산삼이 온 세상에 널리 퍼지길 바라는 마음으로 씨앗을 주었다. 젊은 시절 부린 탐욕을 속죄하는 마음을 담은 씨앗이었다. 할머니 남편은 선물받은 한 줌의 씨앗을 아무도 모르는 장소에 뿌렸다.

어린 장희 씨가 이 집에 온 뒤부터 할머니 남편은 그를 데리고 산삼이 자라는 장소에 자주 갔다. 이른 새벽이나 저녁 무렵, 봄이나 가을, 그리고 여름과 겨울, 어느 계절 어느 시간이든 어린 장희 씨는 할아버지를 따라 산을 누볐다. 가끔은 할머니도 함께 갔다. 장희 씨가 점차 자라면서 그곳은 가족의 비밀 장소가 되었다. 그곳의 위치를 사람들에게 들키지 않도록 지켜야 할 수칙도 있었다.

하지만 할머니 남편은 그곳에서 산삼이 자라고 있다는 말은 하지 않았다. 할머니도 장희 씨도 그곳이 가족의 비밀 장소라고만 생각했지 산삼에 대해서는 모르고 있었다. 할머니 남편은 돌아가시기 직전에야 비로소 산삼 이야기를 해 주었다.

할머니 아들이 집까지 팔아야 할 사정으로 내몰리지 않았다면, 할머니 딸이 자작과 종려를 맡기고 유학길에 오르지 않았다면, 할머니 혼자 이 모든 것을 책임져야 할 상황이 아니었다면, 할머니 남편은 산삼 이야기를 끝내 하지 않았을지도 모른다.

"그 산삼을 오늘 캐러 갔어요?"

"응."

"할머니가 이 집에 숨어 있는 게 그 일 때문이었대요?"

엄마기 나를 흘깃 보더니 혼자 웃었다. 그러고는 웃는 이유가 궁금하냐는 표정으로 나를 보면서 말했다.

"급해서 귀신 흉내도 내셨대."

장희 씨가 입대한 후 할머니는 자작과 종려를 데리고 이 집을 떠나야 했다. 그러고는 멀지 않은 곳에 방을 얻어 자주 집 근처를 오갔다. 장희 씨가 제대할 때까지 할머니가 산삼을 지키고 있어야 했다. 산에 가는 날은 수로 길을 따라 뒤꼍으로 들어와 집 안을 살피곤 했다.

어느 날 저녁, 이 집에 살고 있는 사람과 딱 마주친 적이 있다고 한다. 그때 할머니는 마침 흰 셔츠도 입었겠다, 머리칼도 백발이겠다, '귀신 흉내를 내자!'는 생각이 들었다고 한다. 할머니를 빤히 보고 있는 사람 앞을 천천히 걸어 홀로그램 속의 존재처럼 이 팝나무 울타리를 통과했다. 그러고는 울타리 밖에 숨어 있던 자작과 종려를 이끌고 수로 길을 통해 정신없이 빠져나갔다고 한다. 이 집에 귀신이 붙었다는 소문이 난 이유를 알 것 같았다.

"그럼 이제 어디로 가신대요?"

"제주도에 장희 학생 외가가 있대. 우선은 그리로 간다는데."

그 말을 해 놓고 엄마는 뭔가 이상하다는 표정을 지우지 않은 채 이렇게 덧붙였다.

"1층 이야기는 우리만 알고 있어야 하는 비밀이다."

"말해도 아무도 안 믿은걸요?"

묘한 표정을 풀지 않는 엄마를 두고 주방에서 나왔다.

방으로 건너가 책상에 앉았더니 어린 장희 씨가 저 앞에 보인다. 어린 소년이 할아버지를 따라 집 뒤꼍 울타리 건너 산으로 간다. 깊은 밤이나 새벽, 아침이나 저녁의 산길이 어떻게 같고 어떻게 다른지 속속들이 알고 있는 장희 씨가 서슴없이 나아간다.

"누나."

준의 목소리에 정신이 들었다.

"왜."

돌아보지 않고 답하자 준이 재촉했다.

"누나, 졸아?"

내가 등을 펴고 목을 젖히자 준이 또 재촉했다.

"이런 날 공부만 하지 말고 나 좀 도와."

나는 의자를 뒤로 밀고 일어섰다.

"그런데 누나, 공부한 거 맞아?"

"왜."

"공부할 때랑 달라서."

"아니면 책상에 앉아서 내가 뭐 했을까?"

"공상?"

준의 그 말에 눈앞에 펼쳐졌던 장면이 꿈이었다는 것을 깨달았다. 아니면 순간적인 상상이거나. 그런데 상상이 그렇게 생생하다니. 지금 내 앞에 있는 동생도 꿈이나 상상이 아닐까? 하는 생각이 불쑥 들었다. 어이없는 생각을 떨쳐 내듯이 물었다.

"뭘 도와?"

"합판 좀 붙잡아 줘."

"그건 왜?"

준은 손에 든 전선을 흔들었다. 할머니와 장희 씨가 없는 사이 자작과 종려와 온종일 집 안에서 시간을 보내려면 뭔가 준비해야 하는데, 이번 기회에 자기가 알려 줄 수 있는 건 모두 알려 줄 생각이라고 했다.

"일단 전기가 필요해."

"전기라니?"

내가 되묻자 준은 나를 빤히 쳐다보더니 고개를 갸웃했다. 그러더니 이랬다.

"누나가 지금 무슨 생각하는지 알겠다."

"무슨 생각하는데?"

"전기가 없으면 당장 원시 시대처럼 된다고 생각하지?"

"원시 시대까지는 아니지."

"아니긴 뭐가 아냐? 전기가 없으면 누나나 나나 고장 난 가전제품 꼴일 거라고 생각 중이지?"

"넘겨짚는 건 과학이 아닐 텐데?"

"누나가 그랬잖아. 과학은 일단 가설부터 세우는 거라고."

뭔지 모르겠지만 한껏 신난 준을 향해 물었디.

"전기가 왜 필요한데?"

준이 합판을 가리켰다. 준이 하자는 대로 계단을 덮어 둔 합판을 한 뼘 정도 들추었다. 꽤 두툼하고 무거운 합판을 들자 동생이 10미터도 넘어 보이는 전선 끝을 밀어 넣었다. 집 안에 있는 전선이란 전선은 모조리 연결시킨 거였다. 벌어진 합판 틈새로 전선 끝이 들어가자 전선이 주르륵 밀려 내려갔다. 계단 아래에서 전선을 잡아당기려고 자작과 종려가 이미 기다리고 있었다.

"합판 아예 치울까?"

내 입에서 그 말이 나오기 무섭게 준이 틈새에 대고 소리쳤다.

"저 아래 내려가 있어. 합판 치울 거야!"

자작과 종려가 뛰어 내려가는 소리가 들렸다. 합판을 끌어내자 1층에서 무수한 입자들이 우르르 몰려오는 것 같았다. 갇혀 있던 냄새들, 포자들, 습기들, 그 모든 것이 솟아올라 2층으로 섞여 들어오는 모습이 보이는 듯했다. 입자들이 서로 부딪치면서 내는 미약한 종소리가 들리는 것만 같았다.

"누난 이제 공부해."

준이 방 안으로 떠밀지 않았다면 입자들의 종소리를 정말 들었을지도 몰랐다.

다시 책상에 앉았다. 등 뒤에서 준과 자작과 종려가 바쁘게 위아래 층을 오르내렸다. 전선이 내려간 다음에는 노트북, 선풍기, 문구용품, 온갖 물건들이 차례로 내려갔다. 눈앞에 놓인 문제집과 등 뒤의 소동이 뒤섞인 가운데 시간이 흐르고 있었다.

"누나."

작은 바람이 곁에 와 서는 것 같아서 돌아보니 종려였다. 동생과 자작이 나를 누나라고 부르니 종려도 누나라고 부르는 모양이었다. 종려가 종이컵을 내밀고 귀에 대 보라는 시늉을 했다. 바닥에 구멍을 뚫어 실을 연결한 종이컵이었다.

"이렇게?"

종이컵을 귀에 꾹 눌러 대자 종려가 방에서 뛰어나가 아래층을 향해 외쳤다.

"됐어, 됐어."

다시 다가온 종려가 내 반응을 살폈다. 가느다란 실을 타고 들려올 소리를 기다렸다. 잠시 동안 별다른 소리가 들리지 않았다. 기대에 가득 찬 종려 표정을 보면서 귀를 기울였다.

어렴풋이 계단 저 아래에서 자작의 목소리가 들리는 것 같았다. 무슨 말인지는 알 수 없었다. 하지만 자작한테서 나온 소리가 실을 타고 파동을 일으키며 밀려와, 입자가 되어 내 귀로 들어왔다.

'……누나…….'

아무도 관찰한 적 없는 소리처럼, 누군가의 귀에 들리는 최초의 소리처럼 작고 여린 소리. 오로지 나를 향한 순정한 소리. 그 완전한 소리가 울렸다. 우주 지 민 시공간을 지니 미침내 내 귀에 들이온 소리. 나는 온 정신을 기울였다. 이 집에 와서 처음 들었던 미세한 종소리가 바로 그 소리였다. 그네 소리보다 먼저 들었던 소리. 잠결에 들었던 자작과 종려의 목소리. 최초의 종소리가 아이들의 목소리라는 걸 그때 알았다.

"들려?"

종려를 바라보며 나는 고개를 끄덕였다.

"뭐래?"

나는 잠깐 생각했다. 종려와 자작이 듣고 싶은 말이 뭘지. 지금 두 아이의 마음이 어디에 가 있을지. 종려의 표정이 시시각각 초조하게 바뀌고 있었다. 종려를 향해 속삭였다.

"아무 걱정 하지 말래."

"누가?"

"할머니가. 그리고 장희 오빠가."

"정말?"

"정말."

아무렇지 않은 듯 놀고 있지만 종려와 자작은 겁을 먹었을 것이다. 할머니와 떨어져 지낸 게 처음은 아니지만 매번 처음처럼 두려울 것이다. 그런 종려를 안심시켜 줄 말을 생각해 낸 건 먼 산에서 두 아이를 걱정하고 있을 할머니 마음이 실을 타고 와 나에게 전해졌기 때문이다.

세 아이는 실로 이어신 종이컵을 늘고 서로 층을 바꿔 가며 속삭이는 놀이에 열중이었다. 벽장 안이며 엄마 방은 물론 테라스까지 건너다니며 무슨 이야기를 끊임없이 속삭였다. 그들이 속삭이는 이야기가 온 집 안을 가득 채우고 뒷산으로, 창공으로 번져 나가고 있었다.

*

"할머니다."

어둠이 내리는 숲을 내다보고 있던 종려가 외쳤다. 울타리 건너 산속은 물론이고 수로 길 쪽으로도 사람의 흔적은 없어 보였다. 종려 곁에서 숲을 유심히 보고 있던 자작이 낮고 정확하게 말했다.

"형이다!"

준과 두 아이가 방에서 뛰어나간 뒤에도 나는 산 쪽을 계속 주시했다. 조금 뒤에야 비로소 종려와 자작이 감지한 움직임을 알아차렸다. 둘은 숲에 이는 일렁임이나 미세한 소리만으로 할머니가 오는 걸 알았던 것이다.

배낭을 멘 장희 씨가 먼저 울타리 안으로 들어서서 할머니가 들어오기 쉽도록 나뭇가지를 잡아 주었다. 종려와 자작이 할머니한테 매달렸다. 준이 장희 씨 배낭을 받으려는 듯 팔을 내밀자 장희 씨는 괜찮다며 손을 내저었다. 그러자 준은 가볍게 고개를 끄덕였다. 모두 한 덩어리로 어울려 1층으로 들어가고 난 뒤에도 나는 창가에 서서 울타리 쪽을 내려다보았다. 울타리 건너에 누군가 더 있는 것만 같았다. 분명히 누군가 울타리 밖에 서서 이쪽을 보고 있는 게 느껴졌다. 누굴까?

"뭐 하니?"

엄마가 불러서야 나는 창가에서 물러났다.

할머니가 돌아오고 시간이 한참 지났는데 아래층에서 아무도 올라오지 않았다. 아홉 시가 넘어서야 계단 올라오는 소리가 들렸다. 자작과 종려를 앞세운 준이 뛰어 들어오고 뒤이어 할머니와 장희 씨가 들어왔다.

할머니가 축축한 신문지에 싼 뭔가를 엄마 앞에 내밀었다. 그러고는 펼쳐 보지 말고 냉장고 야채 칸에 넣어 두라고 했다. 엄마는 할머니가 준 신문지 뭉치를 잠시 내려다보면서 망설이는 것 같았다. 할머니가 엄마 손을 냉장고 쪽으로 밀자 엄마는 결심이라도 한 것처럼 가볍게 고개를 숙였다.

식탁이 차려졌다. 윤기 도는 검은 목이버섯이 듬뿍 들어간 잡채 접시가 식탁 중앙에 올랐다. 부드럽고 쫄깃한 목이버섯잡채는 아버지가 좋아했다. 이 잡채가 있으면 아버지는 맥주를 꺼내곤 했는데, 아버지한테는 목이버섯잡채가 행복한 기억을 떠올리게 하는지도 모른다는 생각을 했다.

노릇노릇한 왕새우튀김과 김이 오르는 갈비찜이 커다란 접시에 담겨 나왔다. 파인애플과 키위를 갈아 넣은 살비찜을 엄마는 자랑스러워한다. 파인애플은 고기를 달콤하게 하고, 키위는 고기를 부드럽게 해 주는데 이걸 아는 사람은 별로 없을 거라고 말했던 적이 있다. 신선한 젓갈 향이 풍기는 배추겉절이와 알맞게 익은 오이소박이, 갓 지은 밥. 어른을 위한 포도주와 아이들을 위한 탄산음료도 있었다. 좀처럼 쓰지 않던 식기들을 꺼내 멋을 낸 식탁 앞에서 나는 숨을 가다듬었다. 엄마가 이렇게 공들여 차린 식탁은 정말 오랜만이었다.

얼마 동안 모두 음식 먹는 일에 열중했다. 숲에서 흘러오는 밤 공기와 이제 막 울기 시작하는 소쩍새 소리, 나직하게 주고받는 이야기 속에서 우리는 저마다 음식에 욕심을 부렸다.

준과 종려와 자작이 약속이나 한 듯이 동시에 일어나 방으로 가고 나자 갑자기 조용해졌다. 나는 식탁에 자리를 지키고 앉아 있었다. 엄마가 할머니와 장희 씨 잔에 음료수를 따라 주고 나서 잠시 나를 바라보았다. 어쩌면 방으로 들어가도 좋다는 말을 하고 싶었는지도 모른다. 나한테 선택하라는 것 같았다. 나는 그 자리가 원래 내 자리인 것처럼 앉아 할머니와 엄마가 주고받는 이야기들을 들었다.

서백자.

할머니 이름이었다. 할머니는 자기 이름을 무척 생소해했다. 하지만 나한테 그 이름은 모집구나무나 소나무, 지키니무 같았다. 서백자 할머니가 이 집 둘레 어딘가에 영원히 서 있을 것만 같았다.

이 집과 주변의 식물과 흙과 새, 오랫동안 할머니 가족과 함께했던 모든 생물과 무생물, 그리고 이 모든 것을 둘러싸고 있는 공간이 속삭이는 밤이었다. 귀를 기울이지 않으면 들을 수 없는 속삭임이 퍼져 나가고 있었다.

그날 저녁 만찬이 끝나고 준은 자정이 다 되어서야 아래층에서 올라왔다. 엄마는 잠자리에 들고 나는 준을 기다리고 있었다.

"여태 뭐 했어?"

내가 묻자 준은 어른처럼 답했다.

"형이랑 이야기 좀 하느라고."

무슨 이야기를 했냐고 다그쳐 묻지 않았다. 어차피 준이 먼저 말하고 싶어 할 거였다. 문을 단단히 닫고 자기 방에 들어가 있던 준이 미닫이문을 빼꼼 열고 속삭였다.

"누나."

"왜."

건성으로 답하자 준이 미닫이문을 조금 더 열었다.

"산삼 본 적 있어?"

"인삼이랑 비슷하겠지."

"인삼이나 산삼이나 사실은 같은 거래."

"값이 다르지."

"왜 값이 달라졌는지 알아?"

내 답을 기다리지 않고 준이 말을 이었다. 인삼은 산에서 혼자 살아갈 능력을 잃어버린 삼이라는 거였다. 사람이 재배하는 삼은 산에다 옮겨 심어도 2년을 넘기지 못하고 죽는다고 했다. 그러니까 인삼과 산삼의 값이 다른 건 혼자 살아갈 수 있는 힘이 있느냐 없느냐의 차이 때문이라고 했다.

"형이 그러는데, 이 근처 산에 산삼이 많이 자라고 있을지도 모른대."

"다 캐 온 게 아니었대?"

"그런 말이 아니라, 산삼이 아마 이 산 전체에 퍼졌을 거라는 뜻이야."

준은 산삼이 이렇게 오랫동안 자라고 있었다면 열매가 익어 땅에 떨어져 씨앗이 심겼을 테고, 다람쥐나 새들이 익은 열매를 먹고 다른 곳에 가서 배설하면서 씨앗이 퍼졌을 거라고 말했다. 그렇게 옮겨진 삼이 다시 싹이 트고 열매를 맺으면 다른 새와 다람쥐들이 더 먼 곳까지 씨앗을 퍼뜨렸을 것이다. 수십 년 동안 산맥을 따라, 살기 좋은 자리라면 얼마든지 삼이 자라고 있을 거였다. 그뿐 아니라 땅속에서 싹 틔울 순간을 기다리고 있는 씨앗도 많을 것이다.

"형이 그러는데 옛날에 우리나라 산은 산삼밭이나 마찬가지였대. 어느 산에 가든지 삼이 많았다는 거야. 삼이 자라기 좋은 땅이었대."

"산삼에 대해 많이 아네."

"할아버지가 비밀 장소 이야기를 해 주고 나서 삼에 대해 공부했대. 아주 자세히 공부했대. 나는 형을 존경해. 꼭 산삼 때문은 아니야."

준은 존경한다는 말을 조심스럽고 정확하게 했다. 다른 말로 오해하지 않도록. 사랑한다는 말은 뭔가 부족해서 존경이라는 말을 썼다는 게 느껴졌다. 그리고 그 말을 제대로 전달하려고 조심한 거였다.

준이 이야기를 이어 나갔다. 장희 씨 할아버지는 오래전에 씨앗을 뿌리면서 산삼이 다른 사람한테 발견될 수도 있다고 예상했다. 만일 그렇다면 그건 산삼의 운명이었다. 그런데도 오랜 세월 아무도 발견하지 못한 건 산신령이 지켜 주고 있어서라고 했다.

"그런데 형은 산신령이 아니라 꿩들이 산삼을 지켜 줬다고 생각한대."

"꿩이?"

"그 꿩들은 말이야……."

준이 말을 하다 말고 멍하게 있다가 문득 깨어난 것처럼 내 쪽으로 고개를 돌리더니 이렇게 말했다.

"오늘 형하고 할머니하고 거기 가서 산삼을 캐는데……."

"그런데?"

"꿩들이 안 보였대. 낮에 가면 항상 꿩이 있었는데 오늘은 낮 시간 내내 한 번도 나타나지 않았대."

"그게 왜?"

"꿩들이 그동안 산삼 씨앗을 온 산에 퍼뜨리기도 하고 지켜 주기도 하고 그랬을 건데, 이제 형네 산삼은 지켜 주지 않아도 된다고 생각한 거겠지."

"그럴 수도 있겠네."

"형 말이 맞을 수도 있지만, 내 생각에는……."

이어진 준의 말을 이해하려면 상상력이 필요했지만 나는 진지하게 들었다. 준의 생각에는 그 꿩들이 블랙홀을 넘나드는 길을 안다는 거였다. 길이 아니면 방법을 아는 것이라고 했다. 아래층 식구들과 교류한 꿩은 대를 이어 온 꿩이 아니라, 처음 보았던 바로 그 꿩들일 것이라고도 덧붙였다.

"블랙홀 안과 밖은 시간이 다르게 흐른다고 누나가 말한 거 기억나?"

나는 고개를 끄덕였다.

"블랙홀 안에 사는 꿩들이 가끔 산책 나온 것일 수도 있다는 말이야. 그러니까 형이 어릴 때 봤던 그 꿩이 내가 본 그 꿩들이라는 거지."

미약이 좀 심하지만, 아주 틀린 말은 아닌 것 같다는 생각이 들었다.

"어쩌면 말이야…… 형도 그걸 알고 있는 것 같고."

"어째서?"

"그 흰 꿩 있잖아. 그 꿩을 기다린 눈치였거든. 우리 시간으로 보면 그 흰 꿩은 수명이 다해서 죽었을 텐데. 그런데도 기다린 거 보면 어렴풋이 짐작한다는 거잖아."

"그러면 할아버지가 말한 산신령도 블랙홀을 건너온 사람일 수도 있네?"

내 말에 준이 뭔가 깨달은 것처럼 짧게 외쳤다.

"아!"

"왜?"

내가 묻자 준이 속삭였다. 어쩌면 꿩들이 블랙홀 안에 살면서 이쪽으로 건너다니는 게 아니라, 그 산삼밭이 바로 블랙홀 안 어디쯤일 거라는 말이었다. 그러니까 할아버지의 산삼밭을 산신령이 지켜 주는 게 아니라, 그곳이 바로 블랙홀 안에 있기 때문에 지금까지 다른 사람은 발견하지 못했다는 거다. 그리고 꿩들이 블랙홀 안과 밖을 넘나들면서 산삼 씨앗을 옮겼을 것이다. 그러니까 이 산 전체에 산삼이 자라고 있다면 그건 사건의 지평선을 건너온 산삼이다.

"굉장한 생각이네."

"그렇지?"

"그런데 사건의 지평선을 건너는 방법이 뭘까?"

중얼거리는 나를 바라보던 준이 이렇게 말했다.

"우리 둘이 언제 거기 가 볼까?"

"안 돼."

나도 모르게 낮게 외치고 나서 곧바로 이런 생각이 들었다. 준은 내가 같이 가건 안 가건 혼자라도 그 장소에 갈 것이다. 그러고도 남을 것이다. 만일 준 혼자서 갔다가 무슨 일이라도 생긴다면? 상상만 해도 아찔했다. 하지만 생각은 나보다 더 멀리 나가고 있었다. 절대 동생 혼자 그곳에 가게 두어서는 안 된다. 혼자가 아니라면 괜찮을 것이다. 사실 그곳에 가 보고 싶은 건 나도 마찬가지였다. 어쩌면 엄마도 궁금해할지 몰랐다. 수십 년 동안 산삼을 품고 있던 장소라니. 나는 준을 향해 속삭였다.

"그러면 엄마한테도 같이 가자고 하자. 엄마가 가면 나도 찬성이야."

"가려고 하겠어?"

"분명히 가 보고 싶어 할 거야."

그런 말을 주고받으면서 머릿속으로 구체적인 날짜까지 계산해 보았다. 그곳에 간다면 방학 중이어야 했다. 방학은 얼마 남지 않았으니 서둘러 날을 정해야 했다.

삼사리에 들었나 싶었는데 준이 다시 문을 살며시 열었다.

"누나한테 부탁할 게 있어."

"뭔데."

"오늘만 방 좀 바꿔. 형이 가는 걸 봐야 해."

"인사하고 올라왔다면서."

말은 그렇게 했지만 베개를 들고 일어났다. 오늘이 1층 사람들의 마지막 날이 맞냐는 물음에 엄마는 말을 흐렸지만, 준도 나처럼 사실 알고 있었던 거다.

방을 바꾸고 문까지 꼭 닫고 자리에 누웠다. 벽장 문이 반쯤 열려 있었지만 닫지 않았다. 아래층 식구들이 떠나는 소리를 놓치지 않으려고 준이 열어 두었을 것이다. 내 방으로 옮겨 간 준이 스탠드마저 끄자 암흑이었다. 미닫이문 틈새로 비치는 불빛이 없으니 동굴에 들어와 있는 것만 같았다.

방과는 다른 공기가 벽장 안에서 새어 나오는 듯했다. 공기청정기에서 나오는 공기 같기도, 지하에서 올라오는 서늘한 공기 같기도 했다.

공기를 따라 미세한 소리들이 들렸다. 먼 곳에서 고라니와 다람쥐가 움직이는 소리, 나뭇잎이 흔들리는 소리, 어디선가 물방울이 떨어지는 소리, 장수풍뎅이나 나무하늘소가 썩은 나무 둥치를 파는 소리, 어미 새가 둥지를 가다듬고 어린 새들을 품에 들이는 소리, 올빼미가 날개를 펼치는 소리, 먼 소쩍새 울음소리, 족제비나 고양이가 가만가만 지나가는 소리, 작은 벌레가 갑자기 날아오르는 소리, 높고 낮게, 크고 작게 삭자의 소리를 내는 여름 곤충들, 차가운 공기와 더운 공기가 섞이는 소리, 꽃가루나 먼지, 수분 같은 미세한 입자들이 공기 중에서 서로 부딪치면서 내는 소리. 집 주변의 모든 소리가 벽장을 통해 공명했다.

불현듯 숲에 모래를 뿌리는 소리가 몰려왔다. 이건 무슨 소리일까? 소리는 순식간에 거세게 번졌다. 소나기였다. 세찬 소나기가 쏟아지고 있었다.

빗소리는 시시각각 거세지고 있었다. 온 정신을 뒤꼍에 집중했다. 하필 이런 시간에 소나기라니. 빗줄기는 멈추기는커녕 더욱 거세졌다. 어쩌면 소나기 때문에 할머니 가족이 떠나는 시간을 미룰지도 몰랐다.

거세게 내리던 소나기가 잦아들었다. 아래층 뒷문이 열리고 발소리가 뒤섞였다. 준이 자리에서 일어나 창가로 다가가는 소리. 준은 책상 옆으로 비집고 들어가 창밖을 내다보고 섰을 것이다. 그래야 뒤꼍이 훤히 내려다보인다.

형.

할머니.

종려야.

자작아.

준이 음성 없는 목소리로 한 사람씩 불렀다. 그들은 모두 동생을 올려다볼 것이다. 그리고 손을 흔들고, 소리 없이 인사할 것이다. 갑작스러운 소나기 때문에 챙겨 입은 바람막이 점퍼를 부스럭거리며 울타리를 건너가는 소리가 이어졌다.

잠시 후 다시 울타리를 건너와 그네가 있는 모서리 쪽으로 몰려가는 소리가 났다. 빗물 때문에 수로 길로 걷기 힘들 테니 방향을 바꿨을 것이다. 준이 방문을 열고 거실을 통과해 테라스로 나가는 소리가 이어졌다. 준을 따라 테라스로 뛰어나가고 싶었지만 그만두었다. 작별을 방해하고 싶지 않았다.

아래층 식구들이 집 앞을 지나 중문을 향해 가는 모습을 준은 마음에 담을 것이다. 중문을 빠져나가 통로로 사라져 가는 그들의 소리에 귀를 기울일 것이다. 나는 작별하는 소리를 듣고 있었다. 멀리 대문 여닫히는 소리가 나고 한참이 지난 후에도 준은 안으로 들어오지 않았다.

다시 소쩍새 울음소리가 들렸다. 소나기가 끝났다는 신호 같았다. 맑게 갠 밤하늘 아래 퍼지는 새소리를 준이, 할머니가, 장희 씨가, 자작이, 종려가, 듣는다. 엄마도 듣고 나도 듣는다. 멀리 있는 아버지도 들을 것이다.

사건의 지평선에서

　엄마는 찹쌀하게 긴을 흰 주먹밥과 긴쪽히게 썬 오이, 그리고 쌈장을 챙겼다. 지난번에 준비 없이 나섰다가 더위에 놀란 나는 미리 얼려 둔 물을 배낭에 넣고 양산까지 들었다.

　"나만 잘 따라오면 돼."

　준은 자신만만하게 앞서 나아가다가 어디서인가부터 주춤거렸다. 갸웃하면서 조금씩 걸어가다가 급기야 울상을 지었다.

　"분명히 이 길이 맞는데."

　"여긴 아까 지나온 길 같은데?"

　엄마는 시계를 보면서 태연하게 말했지만 조급한 마음을 아주 숨기지는 않았다. 준이 하자는 대로 따르고 있던 엄마가 이제 나설 모양이었다. 나는 벌써부터 뭔가 이상하다고 생각했다. 그래서 나서라고 신호를 주었는데 엄마는 더 두고 보자고 눈짓했다. 그런데 어느 순간부터 엄마도 이상하다고 여긴 것 같았다.

"맞아. 여긴 아까 왔던 데야."

엄마 말을 내가 받자 준이 멈춰 섰다. 잠시 주변을 둘러보던 준이 엄마와 나를 돌아보면서 이렇게 말했다.

"지금 우리가 블랙홀 안에 들어온 것 같아."

너무 진지한 준의 말에 엄마는 웃음이 터지려는 걸 참았지만 나는 오싹했다. 준이 블랙홀을 들먹인 건 길을 잃었다는 뜻이다. 등산로에서 한참 벗어나 길을 잃었다면 곤란에 빠진 것이다. 바로 이런 일이 생길까 봐 엄마와 내가 함께 온 것이다.

"진짜 이상해. 여기 분명히 들어가는 문이 있어야 하거든."

준은 여기쯤 출입 금지 구역이라는 표시를 뒤덮은 덤불이 있어야 하는데 감쪽같이 사라졌다고 말했다. 그리고 어쩐지 같은 길을 빙빙 돌고 있어 불안했는데 엄마와 나도 같은 생각을 하고 있어서 더 불안해졌다. 준이 거의 울먹이면서 이렇게 말했다.

"어쩌면 갇혔을 수도 있어. 이래서 여기가 금지 구역이었던 거야."

엄마는 준이 걱정하도록 잠시 내버려두는 듯했다. 준이 정신을 가다듬고 길을 찾아낼 기회를 주는 것일 수도 있었다. 나도 준이 어떻게 해결할지 가만히 지켜보고 있었다. 그런데 준이 생각해 낸 해결 방식은 이랬다.

"일단 저기서 뭐 좀 먹어요. 배가 고파서 머리가 빙빙 도는 것 같아요."

어느덧 정오를 넘어서고 있었다. 집에서 나온 지 세 시간이나 지나 있었다. 그중 적어도 절반은 같은 장소를 계속 배회한 것 같다는 생각을 지울 수 없었다. 하지만 엄마가 별 걱정을 하지 않는 것을 보니 크게 불안하지는 않았다. 얼려 온 물도 아직 차갑고, 김밥에서도 신선한 향기가 났다. 이상하리만치 향긋하고 시원한 오이를 씹으면서 어쩌면 시간이 많이 흐르지 않았다는 생각을 했다. 정말로 세 시간이 지났다면 물은 미지근하고 김밥과 오이는 한풀 숨이 죽어야 마땅했다. 문득 이런 생각도 들었다.

'쌈장에 찍어 먹는 오이가 이렇게 맛있는 기었니?'

감각이 약간 달라진 것 같았다. 더 예민해지고, 더 분명해지고, 온몸의 모든 감각 기능이 한층 선명해진 것 같았다. 주변의 모든 소리와 움직임을 감지할 수 있을 것만 같았다. 졸졸 흐르는 물소리, 갖가지 새소리, 높은 나무와 낮은 덤불이 일렁이는 소리, 공기의 움직임까지 알 수 있었다. 공기가 너무 맑아서일까? 태양이 쨍하게 내리쪼여서일까? 차원이 다른 시공간에 들어와 있는 느낌이었다. 어쩌면 동생 말이 맞을 수도 있다. 우리는 지금 블랙홀 안에 있는 것일 수도 있었다.

준이 '누나도 그래?'라는 듯한 눈으로 나를 쳐다보았다. 나도 모르게 고개를 끄덕였다. 엄마가 자리를 털고 일어나서 조금 전에 우리가 왔던 쪽으로 발걸음을 옮겼다. 나도 일어섰다. 돌아가야 했다. 더 이상 준에게만 맡겨 둘 수 없었다. 나는 엄마 쪽으로 한 발 옮기며 준을 돌아보았다. 그런데 준은 우리와 반대편을 주시하고 있었다.

"가자."

내가 채근하자 준이 중얼거렸다.

"저기야. 저기 맞아!"

준이 가리키는 쪽 풍경이 우리 앞에 펼쳐졌다. 방금까지는 없다가 지금 막 열린 영상 같았다. 분명 조금 전에도 봤던 곳인데 잠깐 사이에 뭔가가 달라져 있었다. 하나의 투명막이 걷히고 다른 투명막이 열린 것만 같은 광경 앞에서 준이 갑자기 뒤를 돌아보고 말했다.

"저 덤불이 맞아요. 저 안에 있어요."

그런데 어쩐지 그쪽으로 발걸음이 떨어지지 않았다. 엄마가 허락하지 않았으면 좋겠다고 생각했다. 준을 불러 세우고 집으로 돌아가자고 완강하게 말했으면 싶었다. 엄마 역시 뭔가 내키지 않는지 준 쪽으로 선뜻 가지 않고 서 있었다.

"휴대폰 가져왔지?"

엄마가 눈으로는 준을 보면서 나를 향해 속삭였다. 내가 고개를 끄덕이자 엄마는 주머니에서 휴대폰을 꺼내 앉아 있던 바위에 올려놓았다. 엄마가 뭘 하려는지 알았다. 길을 잃을 때를 대비해 전화기 하나를 여기 두고 가려는 거였다. 덤불 안으로 들어갔다가 길을 잃는다면 바위에 놓아둔 휴대폰으로 전화를 걸어 그 신호음을 따라 이곳까지는 찾아올 수 있을 것이다.

"여기서 돌아가요."

내가 속삭이자 엄마가 하늘을 올려다보면서 말했다.

"내가 산골에서 자랐잖아. 산에서 어떻게 해야 하는지 좀 알지."

엄마가 그처럼 생생하게 느껴진 건 처음이었다. 현재의 엄마가 아니라 20년이나 30년 전 쯤, 아니, 어린 시절의 엄마 같았다. 걸음걸이나 어깨의 움직임, 머리칼까지 살아나는 것만 같았다. 태양이 너무 쨍해서 그렇게 보였는지도 몰랐다.

우리가 보는 앞에서 준이 두 개의 커다란 덤불 사이로 들어갔다. 바로 다음 순간 준이 사라지자 엄마와 나는 당황했다. 우리는 생각할 겨를도 없이 준이 들어간 덤불 사이로 몸을 들이밀었다.

"여기가 맞아."

준이 우리를 돌아보고 큰 소리를 내면 안 된다는 듯이 조심스럽게 속삭였다. 별다를 것 없는 장소였다. 지난 몇 시간 동안 돌아다닌 산의 여느 곳과 마찬가지였다. 하지만 준이 긴장하는 모습을 보니 이곳이 장희 씨가 데려왔던 장소가 맞는 것 같았다. 산삼을 캐냈다면 분명 흔적이 있을 것이다. 동생 뒤를 따라 천천히 나아가면서 아무리 살펴도 땅에서 뭔가를 파내고 다시 메꿔 놓은 흔적은 찾을 수 없었다.

"저기서 꿩을 봤어."

준이 작은 바위 위에 풀쩍 뛰어올라 외쳤다. 혹시나 꿩을 볼 수 있으리라는 기대를 가지고 한참 동안이나 숨죽이고 기다렸지만 꿩은 나타나지 않았다.

산삼의 흔적도 꿩의 그림자도 없었지만 준한테 확인하고 싶지는 않았다. 이곳이 준이 왔던 그곳이 아니어도 괜찮겠다는 생각이 들었다. 한참이나 주변을 살피던 준이 우리 곁으로 다가왔다.

"여기가 맞는 것 같은데…… 아닌 것도 같아요."

애매한 말을 하면서도 그다지 서운한 표정은 아니었다.

"여기서 잠깐 쉬었다가 돌아갈까?"

엄마 말이 떨어지자마자 준은 돗자리를 꺼내 펼쳤다. 울퉁불퉁한 땅 위에 펼쳐진 은색 돗자리 위에 우리는 신발까지 벗고 앉았다. 물도 마시고 김밥도 꺼내 놓고 오이가 들어 있는 통 뚜껑도 다시 열었다. 엄마와 나는 눈빛을 주고받았다.

'동생의 기분을 망치지 말자.'

우리가 주고받은 눈빛은 그런 의미였다.

늦여름 한낮의 태양 빛이 높은 하늘에서 내리쪼이지만 나무 그늘로 가려진 산속에는 시원한 공기가 감돌고 있었다. 멀지 않은 곳에서 물이 흐르는 소리도 나는 듯했고, 잠시 앉아 있는 사이에 땀이 식고 한기마저 돌았다. 준이 주머니를 부스럭거리더니 작은 비닐 팩을 꺼내 들었다. 그러곤 이렇게 속삭였다.

"선물할 거야."

"누구한테?"

내가 묻자 준은 이렇게 말했다.

"여기, 산에."

"무슨 선물?"

"씨앗."

준은 산에 와서 뿌리려고 마트에서 씨앗을 사 뒀다고 했다. 노란 콩, 붉은 팥, 해바라기, 나팔꽃의 씨앗이었다.

"앞으론 올 일도 없을 텐데?"

"일 있어요!"

준은 단호하게 말했다. 준은 며칠 후면 시골로 내려갈 것이다. 2학기부터 거기서 다녀야 중학교에 진학할 때 쉽게 적응할 수 있을 거라는 의견에 준도 동의했다. 하지만 그 며칠 사이에라도 준은 혼자서 이곳에 또 올 수도 있었다. 그래서 이번 한 번을 끝으로 다시는 오지 않겠다고 약속해 두었다.

"꿩들한테 주는 작별 선물이라구요."

준은 우리가 못 알아들어서 답답하다는 투로 설명을 이었다. 지금 우리 앞에는 나타나지 않지만 이 산에는 분명히 꿩이 살고 있고 그 꿩들은 콩 종류나 열매, 풀씨 같은 걸 좋아하니까 이곳에 씨앗을 뿌려 두면 싹이 트고 자라서 열매가 맺힐 것이다. 그러면 꿩들이 와서 먹을 거라고 했다. 그리고 준은 이렇게 말했다.

"난 농부가 될 거야."

"왜."

엄마는 아무 관심 없는 것처럼 무심하게 물었다.

"난 이렇게 하는 게 좋아. 이런 걸 하면서 살아갈 거야."

나는 준을 물끄러미 바라보았다. 동생이 나보다 먼저 스스로를 찾아낸 것 같았다. 준은 자신이 좋아하는 게 뭔지 알아낸 듯했다. 무슨 일을 하면서 살아갈지 정한 것 같았다.

준이 비닐 팩을 열고 몇 걸음 걸어 나가 씨앗들을 흩뿌렸다. 온 갖 씨앗들이 사방으로 흩어졌다. 나무 사이로 내리쪼이는 태양 빛이 씨앗에 부딪치며 튕겨 나가 여기저기로 튀었다. 이루 말할 수 없는 빛 조각이 숲으로 흩어졌다가 사라지고 있었다. 그때였 다. 숲 안쪽에서 새 한 무리가 우리 쪽으로 천천히 다가오고 있는 게 보였다. 꿩들이었다.

"보세요."

내가 속삭이자 엄마가 고개를 끄덕였다. 꿩들이 아무 두려움 없 이 우리 앞으로 걸어 나오고 있었다. 그 순간이 짧았는지 길었는 지 분간할 수 없었다. 우리가 얼마 동안이나 꿩들을 지켜보고 있 었는지 가늠할 수 없었다. 우리는 꿩들이 우리 앞을 지나 다시 천 천히 숲속으로 사라져 가는 모습을 바라보기만 했다. 거의 숨도 쉴 수 없었다. 작은 소리라도 냈다가는 이 모든 것이 깨져 버릴 것 만 같았다. 우리는 흐르지 않는 시간 속에서 영원히 멈춰 서 있었는지도 몰랐다.

그때 휴대폰 벨소리가 들렸다. 바위에 올려 두고 온 엄마 전화였다. 우리는 누가 먼저라 할 것도 없이 서둘렀다. 자리를 정리하고 다시 덤불을 통과해 나와 휴대폰이 있는 곳까지 뛰어갔다. 그 사이에도 휴대폰은 계속 울리고 있었다. 엄마가 휴대폰을 막 집어 들었을 때 신호음이 멈췄다.

무슨 정신으로 집까지 왔는지 알 수 없었다. 한밤중에 길을 찾는 기분이었다. 온 정신을 집중해 엄마 뒤를 따랐다. 마침내 집 뒤편 울타리로 내려가는 길에 이르러서야 온몸이 땀으로 흠뻑 젖어 있나는 것을 깨달았다.

*

집에 돌아와서 어둠이 내릴 때까지 각자의 방에 틀어박혔다. 엄마는 완전히 지쳤는지 방에서 나오지 않았다. 준 역시 벽장 방에서 나오지 않았다. 밤 열 시가 넘어서야 준의 목소리를 들었다. 미닫이문을 열지 않은 채 준이 물었다.

"그 전화 아니었으면 돌아오지 못했을 수도 있었지?"

"못 돌아오다니?"

"우리 길 잃었던 거 누나도 알잖아."

"산길이 다 비슷해서 잠깐 착각한 거지."

"착각이 아니었을 수도 있어."

준은 우리가 들어가지 말아야 할 곳에 들어갔던 것 같다고 말했다. 그곳은 1층 사람들만의 비밀 장소인데 우리가 침범했다는 거였다. 장희 씨가 말한 '비밀 장소'라는 말의 뜻은 그곳이 1층 사람들만 허락한다는 거였다. 비밀이 지켜지길 바란 건 그들이 아니라 그 장소라는 말이었다. 그런데 우리가 비밀 장소를 찾아내려 하자 그곳이 어떻게 할지 고심하다 길을 착각하도록 빙빙 돌게 만들었다는 것이다. 그러다가 이번 한 번만 길을 열어 주자 마음먹고 우리를 받아들였다는 게 준의 생각이었다.

"시공간이 그런 의지를 가진다는 거야?"

"내 생각엔 그래."

준은 1층 사람들과 작별하고, 이곳에서 떠나야 하는 서운한 마음을 다독이려고 억지를 부리고 있는지도 몰랐다. 우리가 그곳에서 겪은 두려움을 떠올리면 나는 이편이 도리어 잘된 일이라고 생각했다. 이제 준은 혼자서 거기에 가려고 하지 않을 것이다.

"공기가 달라서 그럴 수도 있지?"

미닫이문 뒤에서 다시 준이 물었다.

"공기가 다르다니?"

"숨 쉴 때 못 느꼈어?"

"아, 거긴 숲이 울창하니까 공기 중에 산소가 많아서 그럴 거야."

그다음부터 준과 나는 공기 중에 포함된 산소의 양에 대해서 두서없이 대화했다. 식물들이 빽빽하게 들어찬 공간이고, 식물이 산소를 뿜어 내는 낮 시간이었으니 다른 곳과 달랐을 것이다. 공기 중에 산소량이 많으면 더 청명하고, 그러면 정신이 맑아질 수도 있고, 숨쉬기가 가뿐해질 수도 있고, 몸이 가벼워졌다고 느낄 수도 있다. 준은 어떻게든 낮에 있었던 일을 이해해 보려고 애쓰는 것 같았다. 여름 한낮에 몇 시간이나 산속을 헤매다 보면 지칠 대로 지쳐 신기루를 보게 될 수도 있다는 말은 준에게 굳이 필요 없을 것 같았다. 사실 그날 낮에 겪은 일이 헛것이었다는 말은 나도 믿지 않는다. 대신 나는 굳이 믿아들일 만한 이야기들만 늘어 놓았다.

그때 문득 준이 말했다.

"어쩌면 우리는 경계에 들어갔던 건지도 몰라."

"무슨 경계?"

"사건의 지평선 말이야."

준은 자신의 혼란을 내가 이해한다고 생각했는지 숨기고 있던 생각을 꺼냈다. 준은 우리가 분명히 블랙홀 안에 들어갔었다고 믿고 있었다. 알 수 없는 이유로 그곳에 들어가게 되긴 했는데 자칫하면 갇힐 뻔했다는 것이다. 사건의 지평선이란 블랙홀의 가장자리에 있는 경계선으로, 안에서 끌어당기는 중력이 빛의 속도보다 빨라서 무엇도 빠져나올 수 없다. 그래서 사람들은 그 경계를

'돌아올 수 없는 지점'이라고 여긴다.

"거긴 한 번 들어가면 돌아올 수 없잖아."

"그래."

"그런데 우리가 거기에서 나온 거야."

나는 준이 무슨 말을 할지 잠자코 기다렸다.

"우리를 거기서 빠져나오게 한 게 뭔 줄 알아? 그건 바로 소리야."

"무슨 소리?"

나는 준이 말하려는 '소리'가 무엇인지 막연하게 짐작하고 있었다. 준은 나 역시 같은 생각을 하고 있는지 확인하려는 듯 잠시 침묵했다.

"누나도 들었지?"

"뭘."

"전화벨 소리?"

준이 미닫이문을 툭, 쳤다. 아버지가 엄마에게 전화 걸기 직전에 준한테도 전화를 했다는 것이다. 그런데 준이 전화를 받지 않자 아버지는 엄마한테 전화했다. 거의 같은 시간에 전화를 했는데 준 휴대폰은 울리지 않고 엄마가 바위에 두고 간 휴대폰은 울렸다. 그게 바로 우리가 경계 안으로 들어갔다는 증거라고 했다. 사건의 지평선 안으로 들어가면 바깥과 더 이상 정보를 주고받을 수 없는데, 우리가 그 안으로 들어갔기 때문에 자신의 휴대폰이 울리지 않았다는 것이다.

"그런데 엄마 전화는 울렸잖아."

그랬다. 엄마 전화벨 소리에 잠에서 깨어난 듯 문득 정신을 차렸던 순간을 기억한다. 엄마도 분명 그 소리에 정신을 차린 것 같았다. 아버지가 보낸 전화벨 소리를 길잡이 삼아 우리는 경계에서 빠져나올 수 있었다.

통신 전파가 닿지 않는 곳에 들어갔던 것뿐이라고 말하려다가 그만두었다. 하필 그곳이 왜 통신 전파가 닿지 않는 곳인지 설명할 수 없었다. 무엇보다 그때 그 순간, 나도 함께 있었다. 전화벨 소리를 향해 뛰어나오던 순간이 너무 생생했다.

"누나."

잠시 조용하던 준이 다시 나를 불렀지만 못 들은 척했다. 그러자 준이 혼잣말처럼 속삭였다.

"나는 이제 장원에 가서 공부 열심히 할 거야."

'농부가 된다면서?'

나는 속으로 생각했다. 그러자 준이 내 생각을 듣기라도 한 듯 답했다.

"농부가 되려면 공부 열심히 해야 돼."

준이 부스럭거리는 소리가 건너왔다. 잠들지 못하고 일어나 벽장 안으로 들어가는 소리였다.

*

준이 장원으로 내려간 뒤부터 나는 집에 거의 혼자 있다시피
했다. 엄마는 아직 이곳에 살고 있지만 마음은 벌써 장원에 있는
것 같았다. 이제 엄마는 쉬는 날마다 장원에 갔다. 더 이상 냉장고
에 식재료를 쟁여 두지도 않았다. 엄마는 내 입시가 끝나기만을
기다리고 있었다.

휴일이면 종일 나 혼자 집에 있었다. 그런 시간이 싫지 않았다.
아니, 좋았다. 벌써 쌀쌀한 바람이 불고 있었지만 아랑곳없이 창
문을 활짝 열어 두고 책상에 앉았다. 충실히 공부한다고 여겼지
만 수시로 불안했다. 모의 테스트에서 점수가 잘 나오건 못 나오
건 불안한 건 마찬가지였다. 불안을 떨치려고 더욱 문제집 속으
로 파고드는 시간이 이어졌다.

동생한테서 자주 연락이 왔다. 준은 어떤 시간에 내가 무엇을
하는지 짐작하고 있었다. 그래서 주로 저녁 무렵 내가 집에 도착
했을 때 연락해 왔다. 준은 '누나 뭐 해?'라는 말로 시작했다. 그
러면 나는 되물었다.

—너는 뭐 해?

준은 기다렸다는 듯이 새로운 학교와 친구, 그곳 이야기를 늘
어놓았다. 그 이야기를 듣고 있으면 준이 천천히 적응해 가고 있
다는 것을 느꼈다. 준은 때때로 장희 씨와 자작과 종려 이야기를

꺼내기도 했다. 하지만 그 이야기는 길게 하지 않았다. 장희 씨 가족은 그날 이후 연락이 끊겼다. 준이 자작과 종려한테 만들어 준 SNS 계정도 사라졌다고 한다. 시간이 지나면서 준도 1층 사람들 이야기는 하지 않게 되었다.

준한테서 오는 연락이 조금씩 뜸해지고 있었다. 하지만 연락이 올 때는 어김없이 '누나 뭐 해?'로 시작했다. 그리고 끝에 가서는 매번 이렇게 물었다.

─집은 잘 있어?

처음에 나는 동생의 그 질문이 통화를 마치려는 인사라고 생각했다. 그런데 어느 날 그 말이 단순한 인사가 아니라는 사실을 문득 깨달았다. 진짜 묻고 싶은 말을 꼭꼭 숨겨 두었다가 끝에 가서 아무렇지 않은 듯 슬쩍 꺼내 보인다는 것을 알았다.

준이 마음속에 숨겨 두었다가 첫 숨을 쉬듯이 묻는 '집은 잘 있어?'라는 말의 의미를 뒤늦게 알아차린 날이었다. 저녁 무렵 중문을 막 열고 들어선 순간이었다. 집에 아무도 없을 때였다. 엄마는 아직 퇴근 전이고, 1층은 비어 있었다. 어둠이 시시각각 짙어지고 있었다. 불쑥 겁이 났다. 서둘러 계단을 올랐다.

꿩.

몇 계단 올랐을 때 꿩이 정원으로 날아드는 걸 보았다. 꿩은 감자밭이 있던 자리를 잠시 서성이다가 계단 쪽을 향해 천천히 걸어왔다. 나는 꿩을 놀라게 하지 않으려고 숨죽이고 서 있었다. 꿩과 거리가 가까워졌다. 짧은 순간이 지난 후 꿩은 빠른 걸음으로 반원을 그리며 뛰어가더니 날아올랐다. 그리고 어두운 산 어딘가로 사라졌다.

한두 시간 뒤에 동생한테서 전화가 왔다. 저녁 무렵에 꿩을 봤다는 말을 하자 준이 놀라 되물었다.

"거기도 왔어?"

준의 목소리가 바로 옆에서 들리는 것처럼 선명했다. 처음 장원에 내려갔을 때는 하루도 빼놓지 않고 오던 연락이 점차 뜸해지던 시기였다. 며칠씩 소식이 없는 날도 있어서 그곳에 정이 들어가는 모양이라고 생각했다. 그런데 준은 내가 꿩을 봤다는 말을 듣고 금방이라도 달려올 듯했다. 나는 조심스럽게 답했다.

"꿩이 온 게 아니라 내가 우연히 봤지."

"언제?"

"아까 저녁에."

"아, 누나한테도 인사하러 왔었구나."

"그건 무슨 소리야?"

준도 저녁 무렵에 꿩들을 봤다는 것이다. 저녁에 아버지를 따라 농지에 나갔다가 봤다고 했다. 아버지가 내년부터 벼농사를 짓기로 한 논 한가운데 꿩들이 모여 있더란다. 긴 꼬리를 나부끼는 꿩이 날갯짓을 하자 다른 꿩들도 일제히 날개를 퍼드덕거렸다. 그 모습을 멍하게 바라보고 있다가 아버지가 부르는 소리에 정신이

들었다고 했다. 잠깐 사이 저만치 앞서 있는 아버지를 따라잡고 다시 보았을 때 논에는 아무것도 없었다고 했다.

"분명히 인사를 하려고 왔던 거야."

"그랬어?"

"그런데, 다시는 안 올 것 같더라고. 그래서 나도 인사를 했어."

"어떻게?"

"걔들처럼 했어. 두 팔을 날개처럼 퍼드덕거렸지 뭐."

"잘했네."

잠시 뜸을 들이던 준이 이렇게 말했다.

"누나한테는 한 번 더 올 수도 있겠다."

"왜?"

"누나는 마지막 인사를 안 했잖아."

"다음에 만나면 나도 너처럼 인사해야겠네."

준은 피식 웃으면서 물었다.

"집은 잘 있지?"

준의 목소리가 누군가의 안부를 묻는 것 같았다. 이곳이, 이 집이, 뒷산이, 그러니까 동생이 1층 사람들과 어울리던 이 시공간이 자신에게 전하는 안부가 있기를 바라는 것 같았다. 그런 준의 마음이 말 속에 담겨 있었다. 준은 혼자 이 집에 있는 동안 집 주변을 살폈을 것이다. 어떤 나무가 어떤 계절에 잎을 내고 꽃을 피우는지, 어느 구석에 어떤 풀이 자라고 작은 동물들이 어떤 길로 오가는지, 그리고 서백자 할머니와 장희 씨, 자작과 종려가 어떤 마음으로 이 집에 드나들었을지 헤아렸을 것이다. 그 모든 것이 혼자 겁먹은 채 집에 남아 있던 동생을 어루만져 주었을 것이다.

'집은 잘 있어?'

라고 묻는 건 떠나온 시공간에 전하는 준만의 통신이라는 것을 그때 알았다.

*

아무도 돌보지 않는 마당과 통로는 매일 조금씩 우거져 가고 있었다. 대문에서 중문까지 이어진 통로를 가득 매운 온갖 식물들이 열매나 씨앗을 매달았다. 뾰족한 씨앗이나 갈고리가 달린 꽃, 가벼운 이파리가 옷에 달라붙어 학교에 같이 가거나 집 안까지 들어오기 일쑤였다.

아침이면 중문을 열고 나서는 순간을 기대했다. 그늘에 묻혀 있는 집과 달리 통로에는 노란 아침 햇살이 들어왔다. 통로를 걸어 나가는 그 순간이 영원하면 좋겠다고 생각했다. 동네 사람들은 이 집이 그늘에 묻히고 통로로 드나들게 된 것을 아쉬워했지만 나는 아니었다. 집터 절반이 잘려 나가면서 생긴 그늘과 통로 때문에 비밀을 품은 집이 되었다. 아무나 함부로 범접할 수 없는 베일에 싸인 집. 긴 통로를 통과해야만 도달할 수 있는 집이 된 것이다. 그런 생각을 할 때면 내가 집의 입장에서 헤아리고 있다는 기분이 들 때가 있었다.

집이 무서울 때도 있었다. 밤에 혼자 있을 때나 늦은 시간에 대문을 열고 들어올 때 그랬다. 아무도 없는 집, 어둠에 묻혀 있는 집을 보면 오싹해지곤 했다. 그럴 때면 중문을 열자마자 뛰었다. 일부러 발소리를 쿵쾅거리면서 철 계단을 올라와 거실로 뛰어들어 불을 켤 때까지 뒤를 돌아보지 않았다. 집 안의 불을 모두 켜고, 테라스 조명등까지 켜고 나서야 한숨을 돌렸다. 하지만 아침이 되면 그런 기분은 사라졌다.

시험이 가까워지자 동생도 연락하지 않았다. 방해하지 말라는 충고를 들은 모양이었다. 엄마 역시 조심하는 것 같았다. 공연한 말 한마디가 훼방할 수 있다고 생각한다는 걸 알았다. 나는 주변의 배려에는 신경 쓰지 않았다.

그 무렵 내가 신경 쓴 건 내가 기대하고 있는 나였다. 나는 내가 기대하고 있는 바로 그런 사람이 되고 싶었다. 그러려면 우선 입시를 통과해야 했다. 다음 문제는 다음에 해결하면 된다고 다독였다. 결과부터 말하자면 나는 시험에서 큰 실수를 하지 않았다. 예상에서 크게 벗어나지 않은 점수를 얻어 생각했던 두세 곳의 대학에 원서를 낼 수 있게 되었다.

시험이 끝나고 방학을 기다리는 중이었다. 방학이 되면 장원으로 내려갈 것이다. 일단 그곳에 있다가 대학이 결정되면 그때 가서 생각할 것이다. 엄마는 매일 조금씩 이삿짐을 꾸리고 있었다. 거실에 짐을 싼 상자들이 늘어났다. 주방의 살림들도 하나씩 줄어들어 이사 며칠 전에는 접시와 수저 한두 벌 정도만 남겨 놓았다. 그만큼 엄마는 서둘러 떠나고 싶었던 건지도 모른다.

어느 저녁 엄마는 거실에 쌓인 상자들을 보다가 불쑥 손바닥으로 옷자락을 탁, 쳐 내렸다. 잠시 있다가 다시 한번 더 탁, 쳤다. 그리고 한 번 더.

탁.

그리고 또 한 번 더.

탁.

매몰차게 먼지를 털듯이 털어 냈다. 그리고 돌아서서 나를 발견하고 웃는 엄마의 표정은 어느 때보다 후련해 보였다. 엄마는 이 도시에서 기대했던 것들을 모두 털어 내는 자신을 기다리고 있었는지 모른다. 바로 그 순간 엄마가 붙잡혀 있던 지평선을 넘은 거라고 생각했다.

"엄마."

주방으로 들어가는 엄마 뒤를 따라가면서 불렀다.

"왜."

나는 잠깐 망설이다가 물었다.

"저녁 뭐 먹어요?"

엄마는 의아하다는 표정으로 나를 빤히 보았다. 내가 다른 걸 물어보려다가 말을 바꾼 걸 알아차렸을지도 몰랐다.

그때 나는 엄마도 아버지처럼 속았다고 생각하는지 묻고 싶었다. 하지만 그 말을 입 밖으로 꺼내지 않았다. 나는 아버지의 '속았다'는 말이 간단하게 설명할 수 있는 게 아니라는 것을 알게 된 지도 몰랐다.

그 전까지만 해도 나는 세상이 정말로 아버지를 속였다고 생각했다. 적어도 세상이 아버지 계획을 방해했다고 믿었다. 아버지는 오래전부터 생각하고 계획해 왔다. 성실하게 살며 차근차근 아버지가 원하는 방식대로 살려는 계획을 마음에 품고 있었다. 그리고 그게 가능하다고 여겼을 것이다. 그런데 사고를 계기로 그 모든 것이 허상이라는 것을 알았을지 모른다. 그래서 속았다고 했을지도 모른다.

'속았다.'

아버지가 울분에 차서 뱉은 말은 고스란히 내 어깨에 얹혔다. 나는 아버지의 울분을 건네받은 것 같았다. 그건 나를 짓누르는 짐이었다. 아버지가 장원으로 내려갈 때 나는 함께 갈 수도 있었다. 함께 가자고 엄마와 동생을 설득할 수도 있었다. 내가 아버지를 따라가겠다고 했으면, 엄마는 더 쉽게 선택했을 수도 있다. 그걸 알면서도 나는 그렇게 하지 않았다. 도리어 나는 혼자서라도 이곳에 남겠다고 우겼다. 나한테 울분에 찬 목소리를 들려준 아버지, 감당하기 힘든 짐을 얹어 준 아버지와 함께하고 싶지 않았다. 나는 입시를 핑계로 방학에도 장원에 가는 일을 되도록 피했고, 내려가도 아버지를 가까이하지 않았다. 나는 장원이 아니라 아버지를 거부했던 것이다.

'속았다' 외치던 아버지를 피하고 싶었던 건 '그럼 아버지는 왜 속았어요?'라는 말이 터져 나올까 봐서였다.

왜 속았어요?

바보같이 왜 속았어요?

나한테서 그 말이 칼날처럼 튀어나와 아버지를 해칠까 봐 두려웠던 것이다. 그 두려움이 사라지지 않는 한 나는 아버지와 전처럼 친밀해질 수 없었다. 어쩌면 앞으로도 결코 예전처럼 친밀해질 수 없다고 생각했다.

그런 내 마음속에 용기가 싹튼 날이 바로 서백자 할머니 가족과 저녁 만찬을 하던 날이었다. 그때 할머니는 인생을 두고 너무 아름다운 꿈은 꾸지 말아야 한다고 했다. 아름다운 인생이 분명히 있을 테지만, 계획한 대로 이루어지는 게 아름다운 인생은 아니라고 했다. 그 말을 듣고 나는 불쑥 물었다.

"그럼 어떤 게 아름다운 건데요?"

마치 아버지를 향해 왜 속았어요?라고 묻는 투였다. 할머니가 잠시 생각하더니 이렇게 말했다.

"맘먹은 대로 되지 않았을 때 어떤 선택을 하는지에 달렸지. 암,

거기에 달렸지."

할머니가 자신에게 하는 것처럼 중얼거린 그 소리 끝에서 어떤 기운이 나오는 것만 같았다. 바로 그 순간을 나는 알고 있다. 마음속에 웅크리고 있던 덩어리가 점차 풀리고 따뜻한 바람이 부는 것만 같던 그 순간. 그 순간을 만난 다음부터 나는 아버지와 다시 전처럼 친해질 수 있을 것 같다고 느꼈다.

언제부터인지 모르지만 아버지는 계획이 잘못되었다는 사실을 알았을 것이다. 이게 아니라고 생각해 왔을 것이다. 그걸 알면서도 억지를 써 왔던 자신을 받아들이는 말이 바로 '속았다'였을 것이다. 아버지를 가장 많이 속인 건 아버지 자신이라는 걸 인정하는 말. 그 말을 하고 나서야 아버지는 지평선을 넘을 수 있었을 것이다.

먼저 경계를 넘어가 나를 기다리고 있던 아버지 그리고 나와 함께 경계를 넘으려고 기다린 엄마, 나보다 먼저 용기를 낸 동생. 평생을 살 거라 여겼던 집에서 호쾌하게 떠난 서백자 할머니. 그들의 마음이 나한테 전해진 게 그날이었다.

*

이 집에서 보내는 마지막 밤이었다. 잠자리에 누웠다가 다시 일어나서 미닫이문을 열었다. 미닫이문을 여는 것과 같은 순간에 벽장 문이 슬며시 열렸다. 아니, 어쩌면 문은 이미 열려 있었는데 어둠에 익숙해지는 과정 때문에 벽장 문이 열리는 걸로 착각했을 지도 몰랐다. 나는 부드러운 힘에 이끌리듯이 벽장 앞으로 다가 갔다. 문을 잡고 안을 들여다보다가 동생이 그랬던 것처럼 벽장 안에 들어가 앉았다. 문을 닫자 완전한 어둠 속이었다.

어둠 속에서 나는 그들이 걸어 나오는 것을 보았다. 오래된 숲 과 집의 정령들. 작은 정령들이 천천히 걸어 나와 나를 감싸고 돌 았다. 미약한 종소리를 내면서 원을 그리듯이 내 주변을 도는 정 령들의 모습이 조금씩 밝아지고 있었다. 아슬아슬하게 빛을 내는 정령들이 사라질까 봐 숨소리도 내지 못했다.

그들의 모습이 시시각각 선명해지고 있었다. 그런 어느 순간 나 는 알아보았다. 그들은 서백자 할머니 가족이었다. 할머니와 장 희 씨와 자작과 종려. 그리고 자작과 종려의 엄마인 듯한 누군가. 할머니 남편이 분명한 할아버지. 그리고 그들 뒤를 종종걸음으로 따라다니는 꿩 무리. 이 집에서 내가 보았던 사람들과 꿩들 모습 을 한 작은 정령들이었다. 그들이 걸으면서 내는 미약한 종소리 가 이어졌다. 아스라이 멀어졌다 가까워졌다 하는 종소리를 들으 면서 나는 잠에 빠져들었다.

잠 속으로 빠져들어 가는 나에게 누군가 말을 거는 것만 같았 다. 작고 부드러운 목소리와 종소리가 뒤섞였다. 이 집이 내는 속 삭임이거나, 이 집에 먼저 살던 누군가가 전하는 속삭임 같았다.

오래된 이곳은 누군가가 살던 자리였다. 그리고 누군가의 삶이 무너진 자리였다. 그 자리에서 다른 누군가는 다시 시작한다.

'인사 잘하고 와.'

동생의 목소리가 들렸다. 나는 준이 만든 환영 같은 세계를 깨뜨리지 않으려고 맞춰 주고 있었다. 하지만 내가 이해하는 척했던 환영 같은 세계가, 이 세상을 이루는 여러 작고 다양한 세계들 중 하나로 존재한다는 생각이 들었다. 눈에 보이고 손에 잡히는 분명한 세계와 우리 눈에는 보이지 않고 손에 잡히지도 않는 세계, 정신과 마음속의 세계, 무수히 많고 영원한 원자들이 서로 뭉치고 흩어지는 세계가 뒤섞어 각자의 시공간을 이룬다는 것을 어렴풋이 받아들였다.

작
가
의
말

　시공간이 우리를 어루만져 준다고 생각해 본 적 있나요? 이 세
상 보는 것은 원자들로 이루어져 있어요. 우리를 둘러싼 온갖 물
건들, 식물, 동물, 죽은 사람 들도요. 우리도 입자들이 모여 이루어
진 거고요. 이 모두가 입자로 이루어져 있다면 의식이라는 것도
우리한테만 있지는 않을 거예요.
　입자로 가득 찬 시공간도 의식을 가졌을 거라고 생각해 봤어
요. 의식을 드러내는 방식이 달라서 우리가 아직 모를 수도 있잖
아요.

　이야기를 처음 시작했을 때는 서백자 할머니와 자작, 종려를 죽
은 사람들로 설정했더랬어요. 장희 씨는 그리운 장소를 찾아오는
인물이고요. 그러다 이런 생각이 들었어요. 이 시공간 속에서 모

두 함께한다는 생각. 죽은 사람도 입자로 존재한다는 생각. 죽은 사람과 살아 있는 사람은 별 차이가 없다는 생각. 그렇다면 살아 있도록 하자, 생각했어요. 인물들이 살아 숨 쉬면서 이야기가 더 풍성하게 떠올랐어요.

이 집에서 오랫동안 살아온 서백자 할머니 가족과 이제 막 이사한 주인공 가족은 어려움을 겪고 있어요. 그런 사람들을 시공간이 어루만져 주고 있는 것 같아요. 우리가 아직 모르는 방식으로, 어쩌면 이미 알고 있는 방식으로요. 우리가 주변의 풍경이나, 소리, 향기, 건축물을 통해 아름다움을 느끼고 위로받는 걸 보면 우리는 이미 이 사실을 알고 있는지도 몰라요.

주인공의 굳건한 마음을 함께 따라가면서 이야기를 썼어요. 시공간의 입장이 되어 주인공을 지켜보면서요.

창비의 여러분들과 『어린이와 문학』에 감사드리며.

2023년 가을
박영란

창비청소년문학 123

시공간을 어루만지면

초판 1쇄 발행 | 2023년 10월 20일
초판 2쇄 발행 | 2024년 2월 5일

지은이 | 박영란
펴낸이 | 염종선
책임편집 | 구본슬 김민채
조판 | 신혜원
펴낸곳 | (주)창비
등록 | 1986년 8월 5일 제85호
주소 | 10881 경기도 파주시 회동길 184
전화 | 031-955-3333
팩스 | 영업 031-955-3399 편집 031-955-3400
홈페이지 | www.changbi.com
전자우편 | ya@changbi.com

ⓒ 박영란 2023
ISBN 978-89-364-5723-5 43810